KB053132

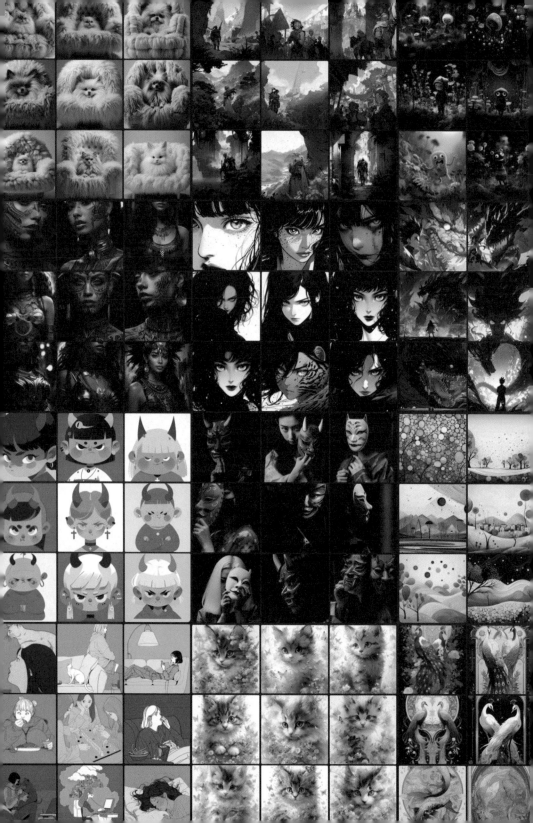

알아두면 평생 써먹는

인공지능(Ai)
그림 수업

미드저니 with
챗GPT·DALL-E3·빙·
뤼튼 등 12가지 AI 컬렉션

초판 인쇄 : 2023년 11월 13일
초판 발행 : 2023년 11월 13일

출판등록 번호 : 제 2015-000001 호
ISBN : 979-11-983257-4-7 (03800)

주소 : 강원도 횡성군 횡성읍 송전로 209 (고즈넉한 길)
도서문의(신한서적) 전화 : 031) 942 9851 팩스 : 031) 942 9852
펴낸곳 : 책바세
펴낸이 : 이용태

지은이 : 이미앙 · 이용태
기획 : 책바세
진행 책임 : 책바세
편집 디자인 : 책바세
표지 디자인 : 책바세

인쇄 및 제본 : (주)신우인쇄 / 031) 923 7333

미드저니, 챗GPT, DALL-E3, 스테이블 두듬, 오토 드로우, 애니메이트 드로잉, DHD, 뤼튼, 빙 이미지 크리에이터, 쇼트브레드, 네오나르도.AI, 아이디오그램, 로고마스터, 플레이그라운드AI

이용태·이미양 지음

알아두면 평생 써먹는

인공지능(Ai) 그림수업

미드저니 with
챗GPT·DALL-E3·빙·
뤼튼 등 12가지 AI 컬렉션

{ 프롤로그 }

우리는 그림 생성 인공지능으로 무엇을 할 수 있을까?

이 책에서 다루는 열세 가지의 그림(이미지) 생성 인공지능을 통해 우리는 무한한 상상력의 문을 열어가며, 예술과 과학, 기술의 결합으로 우리의 세계를 더 아름답고 혁신적으로 만들어 줄 수 있다. 이 최첨단 기술을 통해 미술가와 디자이너에게 창의적인 영감을 제공하고, 교육 분야에서는 학습 경험을 더욱 풍부하게 만들어 줄 것이며, 의료분야에서는 진단과 치료를 더욱 정확하게 지원하며, 비디오 게임과 영화에서는 환상적인 시각 효과를 창조할 것이다. 더 나아가 사회적 문제 해결 및 예술과 과학의 경계를 넘어 혁신을 이끌어내는 도구로 활용될 것이다.

●●● 미드저니의 매력에 빠지다 프롬프트 기반, 최고의 인공지능 그림 생성 AI 미드저니(MJ)를 이해하고 활용하는 방법, 다양한 파라미터와 명령어, 표현의 한계를 넘어선 창조적인 사용법, 그리고 이미지 작업과 디자인 소스를 만드는 방법 등에 대한 가이드를 제공한다. 또한 여러 가지 팁과 함께 미드저니의 특별한 기능을 활용하는 방법까지 상세히 설명하여 미드저니를 활용한 창의적인 작업을 하고자 하는 사람들에게 도움이 될 것이다.

●●● 그밖에 최고의 열두 가지의 확장 AI 들을 만나다 본 도서는 미드저니를 기반으로 하고 있지만 범용적인 확장을 위해 실무적으로 가장 확장성이 높은 그림 및 애니메이션을 생성해 주는 12가지 생성형 AI를 추가로 다루고 있다. 이를 통해 미드저니에서 표현하기 어려운 작업이나 보다 캐주얼한 작업을 하고자 할 때 매우 유용할 것이다.

{ 학습자료 활용법 }

보다 효율적인 학습을 위해 [책바세.com] 웹사이트에 접속해서 해당 도서의 학습자료 파일을 다운로드받아 활용한다.

학습자료받기

학습자료를 활용하기 위해 ❶[책바세.com] 웹사이트에 접속하여 ❷[도서목록] 메뉴에서 [해당 도서]를 찾은 후 표지 이미지 하단의 ❸[학습자료받기] 버튼을 클릭하면 열리는 구글 드라이브에서 ❹❺[다운로드] ➡ [무시하고 다운로드]받아 학습에 사용하면 된다.

{ CONTENTs }

PART 02 고수들이 사용하는 미드저니 프롬프트

PART 03 ▶ 유용한 열 두가지 생성형 AI 컬렉션

PART **01** 미드저니
무작정 시작하기

미드저니(Midjourney) 챗GPT처럼 프롬프트 방식의 인공지능으로 그림을 그려주는 웹사이트 기반의 프로그램으로 생성형 AI 중에서 가장 많은 품질이 우수한 것으로 알려져 있다. 현재는 공식 디스코드 서버의 디스코드 챗봇을 통해서만 액세스가 가능하며, 챗봇에게 메시지를 보내거나 타사 서버에 초대해야 한다. 일반적인 프로그램과 달리 채팅으로 이미지 생성을 요청해야 하므로 처음 사용할 때 불편할 수 있지만 곧 익숙해 질 것이다.

미드저니에서 표현할 수 있는 것들

미드저니에서는 다양한 스타일을 제공하여 사용자가 요청하는 대부분의 표현을 결과물로 얻을 수 있다. 미드저니를 통해 얻은 결과물은 상상 그 이상의 고품질에 놀라게 될 것이다.

감정(Emotion) 감정에 관련된 용어를 입력하여 캐릭터에 특징을 표현한다.

Prompt example: /imagine prompt **emotion** cat

시대별 스타일 시대별(연도별) 스타일을 적용하면 뚜렷한 차이를 확인할 수 있다.

Prompt example : /imagine prompt **decade** cat illustration

다양한 매체와 재료의 표현 페인트, 스크래치보드, 인쇄, 반짝이, 잉크, 색종이 등
고품질의 이미지를 생성할 수 있다.

Prompt example : /imagine prompt **any art style** style cat

색상 팔레트(메인 색상 지정) 컬러를 지정하여 다양한 분위기를 연출할 수 있다.

Prompt example : /imagine prompt **color word** colored cat

풍부한 배경 표현 피사체의 배경과 환경을 다채롭게 설정하여 특별한 이미지 표현이 가능하다.

Prompt example : /imagine prompt **location** cat

예술가 및 작품 스타일 예술가 및 작품 스타일의 이미지를 연출할 수 있다.

Prompt example : /imagine prompt **Atist style** cat

🚢 002. 미드저니 시작하기

미드저니에서 생성되는 모든 결과물은 디스코드 서버에 의존하고 있으며, 텍스트 및 음성, 비디오 채팅 등의 통합 커뮤니케이션, 참여, 인증 및 보안, 실시간 업데이트 등이 가능하므로 미드저니를 사용하기 위해서는 디스코드 개정이 필요하다.

🔻 미드저니 계정 만들기

미드저니를 사용하기 위해 먼저 구글이나 네이버, 다음 등에서 [미드저니]를 검색하여 웹사이트로 들어간다.

회원가입하기

미드저니 웹사이트로 들어가면 복잡한 코드 배경 장면으로 시작된다. 미드저니를 처음 시작하기 위해 하단의 [Join the Beta] 버튼을 누른다.

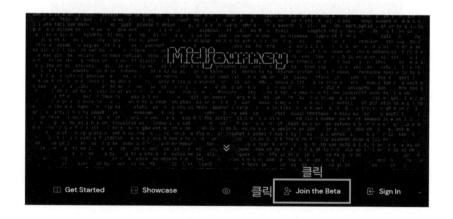

Discord 앱 창이 열리면 ❶[Discord로 **계속하기**] 버튼을 누른 후 로그인 창에서 ❷[**가**
입하기]를 선택한다. 이미 계정이 있다면 계정 정보를 입력한 후 로그인 하면 된다.

사용자 이름 입력하기 창이 열리면 미드저니에서 사용할 ❶[**이메일, 닉네임(별명),**
사용자 이름, 사용할 비밀번호, 생년월일] 정보를 입력한 후 ❷[**계속하기**] 버튼을
누른다. 그다음 계정 만들기 창이 열리면 ❸[**사람입니다**]를 **체크**한 후 지시에 따라
관련 퍼즐 맞추기까지 끝낸다. **사용자 인증 퍼즐 이미지들은 새로 고침을 통해 다른 퍼즐로 바**
꿀 수 있다.

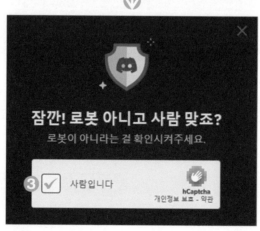

그림 맞추기 퍼즐에 성공적으로 완료되면 다음과 같이 [내 첫 Discord 서버 만들기] 창이 열린다. 디스코드 계정은 대부분 처음 계정을 만들기 때문에 ❶[직접 만들기] 버튼을 클릭한다. **이미 다른 친구에서 초대장을 받았다면 하단의 [이미 초대장을 받으셨나요? 서버 참가하기]를 사용하면 된다.** [이 서버에 대해 더 자세히 말해 주세요] 창에서는 그냥 ❷[건너뛰기]를 한다.

[서버 커스터마이징하기] 창에서는 사용할 적당한 ❶[서버 이름]을 입력(원하는 영문명)하고, ❷[만들기] 버튼을 누른다. 다음 창에서는 대화의 주제 등을 입력하는데, 그냥 건너뛰기해도 되지만 필자는 ❸[AI 이미지]라고 입력한 후 ❹[완료] 버튼을 눌렀다. 그리고 ❺[내 서버에 데려다 줘요] 버튼을 누른다.

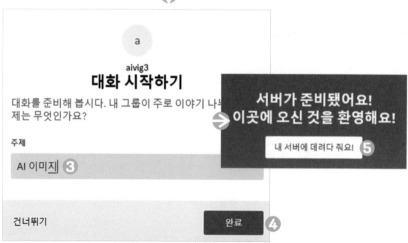

이메일 인증하기

앞서 입력한 계정 정보 중 이메일을 통해 인증하기 위해 해당 이메일로 들어가면 디스코드에서 이메일이 도착했을 것이다. ❶[Verify Email] 버튼을 누르면 이메일 인증이 완료된다. 이제 ❷[Discord로 계속하기] 버튼을 누른다.

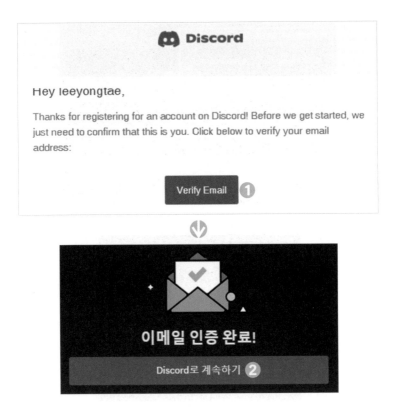

☑️ 디스코드 웹사이트를 항상 정상적으로 열기 위해서는 허용에 대한 옵션을 체크하는 것이 좋다.

로그인하기

이메일 인증까지 끝나면 이제 정상적으로 사용할 수 있다. 디스코드에 로그인하기 위해 앞서 작성한 ❶[이메일, 비밀번호]를 입력한 후 ❷[로그인] 버튼을 누른다. 디스코드 메인 화면이 열리면 우측의 ❸[+] 서버 추가하기를 선택한다.

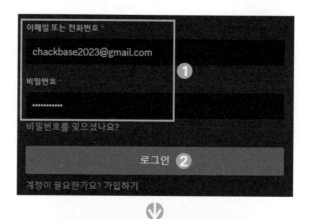

계속해서 ❶[서버 찾기 살펴보기] 버튼을 누른 후 추천 커뮤니티 화면이 열리면 ❷ [Midjourney]를 선택하여 미드저니 그룹을 활성화한다. 이것으로 미드저니를 사용할 수 있는 상태가 되었다. **디스코드 계정 생성 시 [PC 앱 다운로드하기]가 나타나는 경우에 이것은 앱을 설치하여 미드저니를 사용하고자 할 때 필요하지만 여기에서는 웹사이트에서 사용하기로 한다.**

미드저니 그룹이 우측 상단에 생성되면 ❶[미드저니 로고]를 클릭하여 그룹에 들어

가서 ❷[참여]한다. **그룹에서는 이미지 생성뿐만 아니라 그룹 멤버들과의 커뮤니티가 가능하다.**

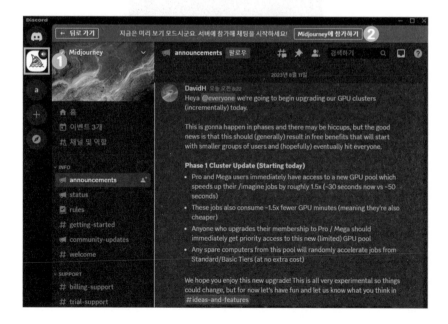

그룹 멤버가 되면 ❶[시작합시다] 버튼을 누른다. **이제부터 정상적으로 미드저니에서 다양한 활동을 할 수 있다.** 이미지 생성을 하기 위해서는 [NEWCOMER ROOMS]에 포함된 ❷[newbies]를 선택하여 들어가야 한다.

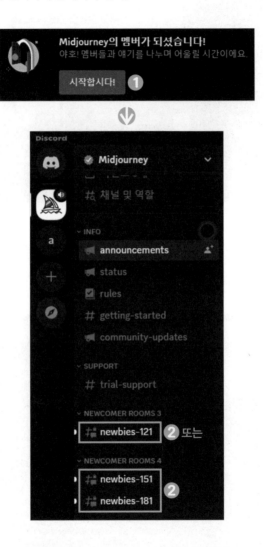

☑️ 뉴커머룸은 말 그대로 입문자를 위한 그룹으로 다른 사람들의 작품을 통해 영감을 얻고 응용할 수 있는 그룹이며, 때에 따라 지금보다 많은 그룹이 열릴 때도 있어 다양한 그룹을 체험할 수 있다.

미드저니 유료 구독자 신청하기

미드저니를 정상적으로 사용하기 위해서는 유료 회원으로 결제를 해야 한다. 먼저 앞서 미드저니 계정 만들기에서처럼 미드저니 메인 페이지를 열어준 후 우측 하단의 ❶[Sign In] 버튼을 클릭한다. 그다음 화면에서 좌측 상단 ❷[Midjourney] 메뉴에서 ❸[Mange Sub]을 선택한다.

여기에서는 미드저니의 학습을 위한 목적이기 때문에 가장 저렴한 베이직 플랜을 사용해 보기로 한다. ❶월 결제 선택 후 Basic Plan(10달러)의 ❷[Subscribe] 버튼을 클릭한다.

결제 과정은 결제 창에서 자신의 결제(카드) 정보를 입력하여 결제를 하면 된다. 이

후 Confirming Subscription 창이 열리고, 결제가 완료되면 [Close] 버튼을 누르면 된다. 이것으로 미드저니를 정상적으로 사용할 수 있게 되었다.

미드저니에서 이미지 생성하기

이제 미드저니에서 첫 이미지를 생성하기 위해 앞선 학습에서 살펴본 [미드저니 로고] - [그룹] - [NEWCOMER ROOMS]에서 원하는 [newbies]를 선택하여 들어가야 한다. 그다음 아래쪽 [프롬프트]에 ❶[/]를 입력하여 미드저니 기본 명령어를 열어준 후 ❷[/imagine]을 선택한다. **이미진(imagine) 명령어는 프롬프트에 입력된 내용을 통해 이미지를 생성하는 기본 명령어이다.**

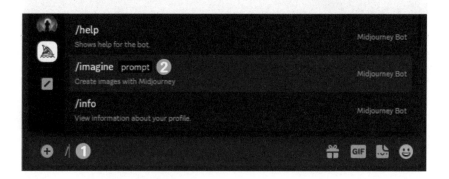

프롬프트에 이미진 명령어가 적용되면 뒤쪽에 생성하고자 하는 [이미지에 대한 설명]을 입력한 후 [엔터] 키를 누른다. 필자는 [햇빛 아래 카페에서 메모를 하는 아름다운 일본 여성 —ar 16:9]를 영문(미드저니 프롬프트는 영문만 인식됨)으로 번역한 후 붙여넣기 하였다.

📕 해당 프롬프트는 [학습자료] – [책 속 프롬프트 목록] 파일 참고

「/prompt: beautiful japanese woman taking a note at a cafe under sunshine —ar 16:9 」

그러면 잠시 후 프롬프트 명령에 맞는 이미지가 생성된다. 첫 이미지가 생성되었다. 마음에 드는가? 미드저니와 같은 프롬프트 명령에 의해 생성되는 AI는 명령어에 따라 완전히 다른 퀄리티로 표현되며, 기본적으로 시드(Seed) 값이 랜덤하기 때문에 동일한 명령어라도 다른 결과물이 생성된다. 이 부분은 차후 상세히 살펴볼 것이다.

미드저니 구독 해지 및 사용 기간(갱신일) 확인하기

미드저니 유료 요금제를 해지하기 위해서는 [/subscribe] 프롬프트를 통해 [Manage Subscription] 페이지를 열고, [청구 및 인보이스 세부 정보(Billing & invoice Details)] 버튼을 눌러, 열린 페이지에서 [플랜 취소] 버튼을 통해 간편하게 해지할 수 있다. 그리고 미드저니의 사용 기간 역시 [/subscribe]을 실행하여 청구 및 결제(Billing & Payment)의 갱신일(Renewal date)에서 확인할 수 있다.

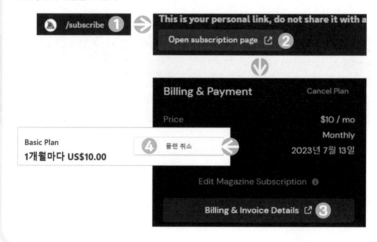

계속해서 다른 이미지를 생성해 본다. 같은 방법으로 [/]를 입력한 후 [/imagine] 프롬프트를 선택한 후 다음과 같은 ❶[문장(명령어)]을 입력한 후 ❷[엔터] 키를 누른다. [검은 고양이를 안고 웃고 있는 7세 금발 소녀]라는 문장을 챗GPT를 통해 번역을 하였다.

『/imagine prompt: a smiling 7year old blonde girl holding a black cat 』

프롬프트 명령(키워드)와 매칭되는 저해상도 그림 4장을 제공한다. 여기에서 원하

는 이미지를 사용하면 된다. 여기에서는 첫 번째 그림인 [U1] 버튼을 클릭해 본다.

완성된 4개의 그림 하단 U1, 2, 3, 4와 V1, 2, 3, 4에서 U는 클릭 회수에 따라 해당 그림을 고품질로 업스케일링할 때 사용되며, V는 해당 그림을 다른 버전의 그림으로 전환할 때 사용된다.

프롬프트 명령에 의한 결과물

스타일 변환 버튼들

☑ **프롬프트 팁** 간단하고 짧은 문장을 사용하여 원하는 내용을 설명하는 것이 미드저니 챗봇을 가장 잘 작동시키는 방법이다. 요청 목록을 길게 작성하는 대신 다음과 같이 작성한다.

"색연필로 그려진 선명한 오렌지색 캘리포니아 꽃밭 사진 보여주세요."

"Bright orange California poppies drawn with colored pencils"

아래 그림은 앞서 [U1] 버튼을 눌러 업스케일링된 이미지다. 기본 **업스케일러는 이** 미지를 크게 하는 것과 동시에 기존의 그림을 더 정교하고 세밀하게 생성해 준다. 따라서, 업스케일링된 그림은 초기에 생성된 것과 비교하여 일부 요소들이 변경될 수 있다. **업스케일링된 그림 하단에는 그림의 변화를 주는 다양한 옵션들이 있다.**

- **Vary(Strong)** 해당 이미지를 다른 느낌의 이미지로 새롭게 생성할 때 많은 변화 (Variations)를 주는 기능이다.

- **Vary(Subtle)** 해당 이미지를 다른 느낌의 이미지로 새롭게 생성할 때 적은 변화 (Variations)를 주는 기능이다.

- **Vary(Region)** 해당 이미지의 영역을 지정하여 변화(추가, 삭제 등)를 한다.

- **Zoom Out 2x** 해당 이미지의 크기를 2배로 확대(업스케일)한다.

- **Zoom Out 1.5x** 해당 이미지의 크기를 1.5배로 확대(업스케일)한다.

- **Custom Zoom** 해당 이미지의 크기를 직접 설정해서 조정한다.

- **Pan** ⬅➡⬆⬇ 이미지를 화살표 방향대로 이동하고, 512픽셀 만큼 확대한다.

- **Make Square** 1:1(512 x 512) 비율의 이미지에서는 사용할 수 없으며, 정사각형 이미지가 아닐 때 정사각형 이미지로 만들어 준다.

잠깐 살펴보기 위해 다음과 같은 프롬프트를 작성하여 16:9 비율의 이미지를 생성한다. 그다음 [U1] 버튼을 누른다.

🔖 해당 프롬프트는 [학습자료] – [책 속 프롬프트 목록] 파일 참고

『/imagine prompt: by Hyundai, an autonomous mobility with sci-fi exterior, all vehicle surfaces are glass, wandering on the surface of mars —ar 16:9』

1번 이미지가 업스케일링되었다. 이제 팬(Pan) 기능에 대해 알아보기 위해 [우측 팬 (Pan)] 버튼을 눌러본다.

그러면 그림처럼 이미지의 우측 영역이 확장된 새로운 이미지들이 생성된 것을 알 수 있다.

계속해서 이번엔 위 이미지의 페어런트(원천) 이미지에서 [Make Square] 버튼을 눌러본다.

클릭

그러면 그림처럼 정사각형의 새로운 이미지가 생성되는 것을 알 수 있다. 이와 같은 방법으로 각 스타일 변경 옵션들을 활용할 수 있다.

마지막으로 본격적인 학습에 들어가기 전에 한 번만 더 이미지를 생성해 본다. 다

음과 같은 프롬프트를 작성해 본다.

📑 해당 프롬프트는 [학습자료] – [책 속 프롬프트 목록] 파일 참고

『 /imagine prompt: Cute stick figure, chibi anime, emoji pack, a individual ui design app icon UI interface emoticons, multiple poses and expressions, Exaggerated expressions and body movements, hand drawn line style, white background ─s 250 ─niji 5 』

그러면 그림처럼 귀여운 이모지(이모티콘)가 생성된 것을 알 수 있다. 지금의 프롬 프트를 잘 활용하면 **카카오톡 이모티콘 작가로 도전해 볼 수도 있다.** 살펴본 것처 럼 미드저니는 프롬프트 명령어로 다양한 표현이 가능하다는 것을 알 수 있다. 다 음 과정은 미드저니의 다양한 기능을 통해 보다 구체적인 사용법에 대해 살펴볼 것 이다.

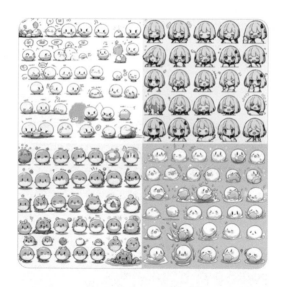

☑ 미드저니 5.2 버전 본 도서에서 사용되는 미드저니 버전은 최신 5.2 버전이지만, 이보다 상위 버전에서도 학습하는 것은 문제가 없기 때문에 걱정할 필요는 없으며, 업데이트된 내용은 별책부록으로 제공되는 [생성형 Ai 빅3 외전]을 참고한다.

📂 미드저니 프롬프트 이해하기

프롬프트(Prompt)는 미드저니 봇(Midjourney Bot)이 이미지를 생성하기 위해 해석하는 짧은 텍스트 구문이다. 미드저니 봇은 프롬프트의 단어와 구를 토큰이라는 더 작은 조각으로 분해하여 학습 데이터와 비교한 다음 이미지를 생성하는데 사용할 수 있다. 잘 짜여진 프롬프트는 독특하고 흥미로운 이미지를 만드는데 도움이 될 수 있다.

기본 프롬프트 구조

기본 프롬프트는 한 단어, 문구 또는 이모티콘처럼 간단하게 할 수 있다.

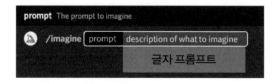

고급 프롬프트 구조

고급 프롬프트에는 하나 이상의 이미지 URL, 여러 텍스트 구문 및 하나 이상의 매개변수가 포함될 수 있다.

- **이미지 프롬프트** 완료된 결과의 스타일과 콘텐츠에 영향을 주기 위해 이미지 URL을 프롬프트에 추가할 수 있다. 이미지 URL은 항상 프롬프트 앞에 사용한다.

- **글자 프롬프트** 이미지를 생성하기 위한 텍스트(단어와 문장) 명령어이다. 잘 작성된 프롬프트는 생각 이상의 이미지를 생성하는데 도움이 된다. 프롬프트 정보 및 팁은 다음을 참조한다.

- **파라미터** 매개변수는 이미지 생성 방법을 변경한다. 매개변수는 종횡비, 모델, 업스케일러 등을 변경할 수 있다. 매개변수는 프롬프트 끝에 사용(입력)한다.

프롬프트 길이

프롬프트는 매우 간단하게 작성할 수도 있다. **단일 단어 또는 이모티콘으로** 이미지를 생성할 수 있지만, 매우 짧은 프롬프트는 미드저니의 기본 스타일에 의존하므로 구체적인 설명의 프롬프트가 훨씬 정확한 이미지가 생성된다. 하지만 지나치게 긴 프롬프트가 항상 좋은 것만은 아니므로 생성하고자 하는 주요 개념에 집중해야 한다. **다음은 nervousSweat 이모티콘으로만 생성한 이미지이다.**

프롬프트 문법

미드저니는 챗GPT와는 다르게 문법, 문장 구조 또는 자연어를 완벽하게 이해하지 못하므로 보다 구체적인 동의어를 권장한다. 예를 들어, 크다(Big)는 것 대신 거대하다(Gigantic), 엄청나다(Immense) 등의 단어를 사용하는 것이 좋다. 그리고 가급적 적은 단어를 사용해야 더 강력한 결과물을 얻을 수 있으며, 쉼표(,)나 대괄호([])하이픈(-)으로 구분하면 안정적으로 해석하지 못한다. 또한 미드저니는 대문자에 특별한 의미를 두지 않으며, 4.0 이상이 전통적인 문장 구조를 해석하는데 유리하다. 일반적으로 [만들고 싶은 그림 주어] – [그림 설명 혹은 요소] – [그림에 적용할 형태/스타일] – [색상 혹은 분위기] – [그림의 크기/비율] – [미드저니 버전] 등으로 작성한다.

원하는 이미지와 관련된 단어에 포커스 맞추기

원하지 않는 것보다 원하는 것을 설명하는 것이 유리하다. 예를 들어, [케이크가 없는 파티]를 요청하면 케이크가 포함될 것이다. 그러므로 개체가 이미지에 포함되지 않게 하려면 [--no] 매개변수를 사용하여 프롬프트를 작성해야 한다.

Prompt example: /imagine prompt **birthday party --no** cake

케이크가 없는 생일 축하 이미지들

어떠한 것이 중요한지 파악하기

어떤 세부 사항이 중요한지 고려할 때, 중요한 문맥(Context)이나 세부 사항에 대해 명확하게 표현하는 것이 좋다. 만약 분명하지 않은 문맥을 사용할 경우 결과는 모호하게 생성되며, 생략하는 항목은 무작위로 지정된다. 물론 모호함은 다양성을 얻을 수 있는 좋은 방법일 수 있지만, 원하는 결과에 대한 구체적인 세부 결과물을 얻지 못할 수 있다. 보다 구체적인 결과물을 얻기 위해서는 다음 사항을 고려한다.

- **주제** 사람(person), 동물(animal), 캐릭터(character), 위치(location), 사물(object) 등

- **매체** 사진(photo), 회화(painting), 일러스트레이션(illustration), 조각(sculpture), 낙서(doodle), 태피스트리(tapestry) 등

- **환경** 실내(indoors), 실외(outdoors), 달(on the moon), 나니아(in Narnia), 수중(underwater), 에메랄드 시티(the Emerald City) 등

- **조명** 소프트(soft), 주변환경(ambient), 흐린(overcast), 네온(neon), 스튜디오 조명(studio lights) 등

- **색상** 생생한(vibrant), 음소거(muted), 밝음(bright), 단색(monochromatic), 다채로운(colorful), 흑백(black and white), 파스텔(pastel) 등

- **분위기** 침착함(sedate), 차분함(calm), 소란스러움(raucous), 활력(energetic) 등

- **구성** 인물 사진(portrait), 얼굴 사진(headshot), 클로즈업(closeup), 조감도(birds-eye view) 등

그밖에 집합 명사(무리, 떼, 군락) 사용할 때는 많은 것을 우연(무작위: 랜덤)에 맡겨

야 한다. 만약 정확한 개수를 원한다면 원하는 숫자를 입력하는 것이 좋다. 예를 들어, 집합 명사인 [Birds] 대신에 [Flock of birds]가 더 만족스러운 결과를 얻을 수 있다.

▶ 프롬프트 살펴보기

한 단어 프롬프트도 기본 스타일의 아름다운 이미지를 생성하지만, 예술적 매체, 역사적 시기, 위치 등의 개념을 결합하면 더 흥미로운 결과를 생성할 수 있다.

매체 선택하기

페인트, 크레용, 스크래치보드, 인쇄, 잉크 및 색종이 등을 구분하므로 보다 세련된 이미지를 생성하는 가장 좋은 방법 중 하나는 예술적 매체를 지정하는 것이다.

Prompt example : /imagine prompt prompt **any art style** style cat

우키요에(ukiyo-e)　연필 스케치(pencil sketch)　수채화(watercolor)

픽셀 아트(pixel art)　블랙라이트 페인팅 (blacklight painting)　십자수(cross stitch)

구체적인 표현

정확한 단어와 문구는 원하는 모양과 느낌으로 결과물을 만드는데 도움이 된다.

Prompt example : /imagine prompt **style** sketch of a cat

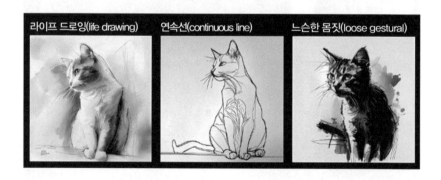

라이프 드로잉(life drawing)　연속선(continuous line)　느슨한 몸짓(loose gestural)

블라인드 컨투어
(blind contour)

가치 연구(value study)

목탄 스케치(loose gestural)

시대별 표현

서로 다른 시대별 뚜렷한 시각적 스타일을 사용할 수 있다.

Prompt example: /imagine prompt **decade** cat illustration

1700년대(1700s)

1800년대(1800s)

1900년대(1900s)

1910년대(1910s)

1920년대(1920s)

1930년대(1930s)

개성(이모티콘) 있는 표정 표현

감정과 관련된 단어를 사용하면 캐릭터에 개성있는 표정을 표현할 수 있다.

Prompt example : /imagine prompt **emotion** cat

화난(angry) 수줍은(shy) 당황(embarassed)

다채로운 표현

가능한 모든 색상 스펙트럼을 통해 다채로운 표현이 가능하다.

Prompt example: /imagine prompt **color** cat

밀레니얼 핑크(millennial pink) 애시드 그린(acid green) 불포화(desaturated)

카나리아 엘로우(canary yellow) 복숭아(peach) 투톤(two toned)

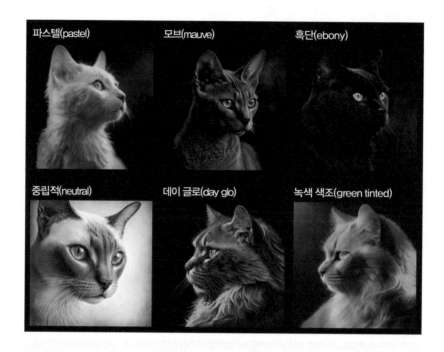

환경(배경) 표현

환경에 관한 단어를 통해 다양한 배경을 표현할 수 있다.

Prompt example : /imagine prompt **location** cat

사막(desert)　　산(mountain)　　클라우드 포레스트 (cloud forest)

🔅팁 & 노트

그룹이 아닌 챗봇과 1:1 작업 (나만의 공간에서 작업하기)

다른 사람들이 생성한 이미지 때문에 자신의 이미지가 뒤로 밀려있거나 궁금한 것 그리고 문제 해결하기 위해 미드저니 봇에게 메시지를 보내거나 미드저니 봇과 다이렉트로 작업이 필요할 때가 있다. 이럴 땐 디스코드가 미드저니 구독자를 위해 제공하는 다이렉트 메시지(DM)를 활용할 수 있다.

① 좌측 상단 다이렉트 메시지 버튼을 클릭한다.

② 하단의 프롬프트에서 질문이나 원하는 이미지 생성 작업을 할 수 있다.

🔜 미드저니 파라미터(매개변수) 살펴보기

프롬프트 명령어 뒤쪽에 파라미터를 삽입하여 변화를 줄 수 있다. 다음은 미드저니 공식적으로 제공하는 주요 파라미터 리스트이다. 만약 모든 파라미터 리스트를 확인하고자 한다면 [학습자료] - [미드저니 퀵 가이드]를 통해 웹사이트를 열어준 후 매개변수(Parameters) 항목에서 확인해 본다. **매개변수는 소문자 사용 원칙으로 한다.**

──aspect 그림의 종횡비(기본 비율은 1:1)를 설정할 수 있다. 예시: ──aspect 2:3 또는 ──ar 2:3

──change 결과에 얼마나 의외성을 줄 것인지 결정한다. 예시: 숫자 0과 100 사이의 값을 사용하며, 수치가 높을수록 의외의 결과율이 높아진다.

──chaos 그림을 얼마나 독특하게 그릴지 설정(1~100)한다. 예시: ──chaos 30

──image weight 텍스트 가중치를 기준으로 이미지 프롬프트 가중치(중요도)를 설정한다. 기본값은 1이며 이미지 가중치가 높아질수록 이미지에 대한 중요도가 높아진다. 예시: ──iw 〈0~2〉

──niji 만화(웹툰) 스타일로 그려준다. 예시: ──niji

──no 그림 뒤에 특정 내용들이 포함되지 않게 해준다. 예시: ──no plants (식물을 제거해 줌)

──repeat 단일 프롬프트에서 여러 작업을 만든다. ──repeat 작업을 여러 번 빠르게 재실행하는데 유용하다. 예시: ──repeat 〈1~40〉, 또는 ──r 〈1~40〉

──quality 그림의 품질을 설정할 수 있다. 예시: ──quality 90

──seed 처음 이미지를 생성할 때 시드 번호(0부터)를 무작위로 생성한다. 같은 시드 번호와 프롬프트를 사용하면 기존 이미지의 특징과 시각적 요소가 비슷한

이미지를 생성할 수 있다. 예시: --seed 2564789

--stop 이미지 생성 중 작업을 완료하여 더 흐릿하고 덜 상세한 결과를 생성할 수 있다. 예시: --stop 〈integer between 10~100〉 --stop

--style 미드저니 모델 버전으로 전환한다. --style 〈raw〉는 항상 최신 버전으로 자동 전환되며, --style 〈4a, 4b, or 4c〉는 4점대 버전으로 전환, --style 〈cute, expressive, original, or scenic〉은 Nigi 모델로 전환한다.

--stylize 예술적인 색 구성 및 형태를 선호하는 이미지를 생성할 수 있다. 수치가 낮을수록 프롬프트와 유사한 이미지를 생성하며, 높을수록 예술적이지만 프롬프트와 연관성이 적은 이미지가 생성된다. 예시: --stylize 50 또는 --s 값 50

--tile 매개변수는 매끄러운 패턴을 만들기 위해 반복 타일로 사용할 수 있는 이미지를 생성한다. 예시: --tile

--video 이미지를 생성하는 과정을 동영상으로 저장한다. 1, 2, 3 버전이나 Test, tesp 모드에서만 사용이 가능하다.

기본값 (모델 버전 5)

2:1보다 큰 종횡비는 실험적이며, 예측할 수 없는 결과를 생성할 수 있다.

	종횡비	혼돈	품질	씨앗	멈추다	스타일 화
기본값	1:1	0	1	무작위의	100	100
범위	어느	0-100	.25 .5 또는 1	정수 0~4294967295	10-100	0-1000

기본값 (모델 버전 4)

	종횡비	혼돈	품질	씨앗	멈추다	스타일	스타일화
기본값	1:1	0	1	무작위의	100	4c	100
범위	1:2-2:1	0-100	.25 .5 또는 1	정수 0~4294967295	10-100	4a, 4b 또는 4c	0-1000

파라미터 버전 호환성

다음은 미드저니의 파라미터가 무엇인지 잘 정리되어 있는 버전별 표이다.

	초기 세대에 영향을 미침	변형 + 리믹스에 영향을 미침	버전 5	버전 4	니지 5
최대 종횡비	✓	✓	어느	1:2 또는 2:1	어느
혼돈	✓	✓	✓	✓	✓
이미지 가중치	✓		.5-2 기본값=1		.5-2 기본값=1
아니요	✓		✓	✓	✓
품질	✓		.25, .5 또는 1	.25, .5 또는 1	.25, .5 또는 1
반복하다	✓		✓	✓	✓
씨앗	✓		✓	✓	✓
멈추다	✓	✓	✓	✓	✓
스타일			날것의	4a 및 4b	귀엽고 표현력이 풍부하며 독창적이고 경치가 좋습니다.
스타일화	✓		0-1000 기본값=100	0-1000 기본값=100	0-1000 기본값=100)
타일	✓	✓	✓		✓

🔖 종횡비 살펴보기

--aspect 또는 --ar 매개변수는 생성된 이미지의 종횡비(Aspect ratio)를 변경한다. 종횡비는 이미지의 가로와 세로의 비율을 나타내는 것으로, 일반적으로 콜론(:)으로 구분된 두 숫자로 표현된다. 예를 들어 7:4 또는 4:3과 같은 형식으로 사용된다. 정사각형 이미지는 가로와 세로가 동일한 너비를 갖고, 1:1 종횡비로 표현되며, 이미지는 1000px×1000px이나 1500px×1500px과 같이 크기가 다를 수 있지만, 종횡비는 여전히 1:1이다. 컴퓨터 화면은 16:10의 비율을 가질 수 있으며, 너비는 높이의 1.6배이다. 따라서 이미지는 1600px×1000px, 4000px×2000px, 320px×200px 등으로 설정할 수 있다.

미드저니는 각기 다른 최대 종횡비(Maximum aspect ratio)를 가지고 있다. 버전에 따른 최대 종횡비는 다음과 같다.

- **버전 5** 모든 종횡비가 가능하다.
- **버전 4** 1:2 또는 2:1만 가능하다.
- **니지 5** 모든 종횡비가 가능하다.

--ar 매개변수는 각 모델의 최대 종횡비까지 1:1(정사각형)부터 허용한다. 그러나 최종 출력물은 이미지 생성 또는 확대(업스케일) 과정에서 약간 수정될 수 있다. 예를 들어, --ar 16:9(1.78)를 사용한 프롬프트는 7:4(1.75) 종횡비를 가진 이미지를 생성한다. 참고로 2:1 이상의 종횡비는 실험적이며, 예측할 수 없는 결과를 낼 수 있다.

『/imagine prompt: vibrant california poppies —ar 4:5 』
『/imagine prompt: vibrant california poppies —ar 2:3 』
『/imagine prompt: vibrant california poppies —ar 4:7 』
『/imagine prompt: vibrant california poppies —ar 1:1 』
『/imagine prompt: vibrant california poppies —ar 5:4 』
『/imagine prompt: vibrant california poppies —ar 3:2 』

『/imagine prompt: vibrant california poppies ─ar 7:4 』

미드저니에서 자주 사용되는 일반적인 종횡비는 다음과 같다. 하지만 각 모델마다 최대 종횡비가 다르므로 사용 전에 해당 모델의 제한을 확인하는 것이 좋다.

─aspect 1:1 정사각형으로 대부분의 이미지에 사용되는 기본 비율이다.

--aspect 5:4 일반적으로 사진 프레임 및 프린트에 사용되는 종횡비이다.

--aspect 3:2 인쇄 사진 촬영에서 일반적으로 사용되는 종횡비이다.

--aspect 7:4 이 종횡비는 넓은 스크린 비율을 가지며, TV, 모니터 및 스마트폰과 같은 디지털 장치에서 일반적으로 사용된다. 하지만 보다 정확한 HD TV 및 스마트폰 종횡비를 원한다면 16:9 종횡비를 사용한다.

종횡비를 변경하는 방법

종횡비를 변경하는 방법은 종횡비 매개변수를 프롬프트 마지막 부분에 --aspect

〈value〉:〈value〉를 추가하면 된다. 예시: --ar 〈value〉:〈value〉

🔹 혼돈(Chaos) 살펴보기

매개변수 --chaos는 --c로도 사용할 수 있으며, 초기 이미지 그리드의 변화 정도에
영향을 준다. 높은 --chaos 값은 더 비정상적이고 예상치 못한 결과와 구성을 생성
한다. 반면 값이 낮을수록 --chaos는 더 안정적이고 반복 가능한 결과를 얻을 수 있
다. --chaos 매개변수는 0부터 100까지의 값을 허용하며, 기본값은 0이다.

카오스 값이 생성되는 이미지에 미치는 영향

카오스(Chaos) 값에 따라 생성되는 이미지의 특성이 변화한다. 높은 카오스 값은 예
측 불가능하고 랜덤한 이미지를 생성할 가능성이 높다. 이는 다양한 시각적 요소,
색상, 패턴 등의 무작위에 의한 조합을 통해 예상치 못한 결과를 얻을 수 있다. 높은
카오스 값은 창의적이고 독특한 이미지를 생성할 수 있는 잠재력을 가지고 있다.
반면에 낮은 카오스 값은 상대적으로 안정적이며, 예측 가능한 이미지를 생성한다.
이는 더 일관된 구성과 반복 가능한 특징을 갖추어, 일관성 있는 시각적 결과를 얻
을 수 있다. 이렇듯 카오스 값은 이미지 생성 과정에서 다양성과 안정성 사이의 균
형을 조절하는데 유용하다.

——chaos 없음 --chaos 값이 낮거나 값을 지정하지 않는 경우, Job을 실행할 때
마다 유사한 초기 이미지 그리드(4칸의 그림)가 생성된다. 이는 더 안정적이고 일
관된 결과를 얻을 수 있도록 한다. 따라서 --chaos 값을 낮게 설정하거나 값을

지정하지 않는 것은 반복 가능한 결과를 얻고자 할 때 유용하다. 참고로 작업 (Job)이란 미드저니 봇을 사용하는 모든 작업을 의미하는 것으로 /imagine 프롬프트를 사용하여 초기 이미지 그리드를 생성하거나 이미지를 업스케일하거나 이미지의 변형을 만드는 것 등이 작업에 포함된다.

Prompt example: /imagine prompt **watermelon owl hybrid ——c 0**

• **낮은 ——chaos** 낮은 --chaos 값 또는 값을 지정하지 않는 경우, Job을 실행할 때마다 약간 다른 초기 이미지 그리드가 생성된다. 이는 더 다양성을 가진 결과를

얻을 수 있도록 한다. 낮은 --chaos 값은 초기 이미지 그리드의 변화를 제한하여 일관성을 유지하면서도 약간의 다양성을 추가할 수 있다. 이를 통해 매번 조금씩 다른 결과를 얻을 수 있다.

Prompt example : /imagine prompt **watermelon owl hybrid --c 10**

- **중간 --chaos** 중간 정도의 --chaos 값 사용 또는 값을 지정하지 않으면 Job을 실행할 때마다 약간씩 다른 초기 이미지 그리드가 생성된다. 이는 다소의 다양성을 추가하면서도 상대적으로 일관된 결과를 얻을 수 있도록 한다. 중간 정도의 --

chaos 값은 초기 이미지 그리드의 변화를 제한하면서도 다소의 랜덤 성질을 포함시킬 수 있어 다양한 시도에서 다른 변화를 관찰할 수 있다.

Prompt example : /imagine prompt **watermelon owl hybrid —c 25**

- **높은 —chaos** 높은 --chaos 값은 작업 실행 시 훨씬 다양하고 예측하기 어려운 초기 이미지 그리드를 생성하는 효과가 있다. 작업의 결과를 크게 다르게 하여 결과가 어떻게 변화하는지 관찰하는데 특히 유용하다. 그러나 결과의 일관성을 감소시킬 수 있으므로 이 점을 고려할 필요가 있다. 따라서 높은 --chaos 값을 사용하면 예상치 못한 실험적인 접근법을 선호하는 사용자에게 유용하다.

Prompt example: /imagine prompt **watermelon owl hybrid —c 50**

- **매우 높은 ——chaos** 매우 높은 ——chaos 값은 실행할 때마다 극도로 다양하고
  예측하기 매우 어려운 초기 이미지 그리드를 생성한다. 작업의 결과를 매우 무작
  위로 만들며, 예상치 못한 패턴이나 독특한 결과를 발견하는데 사용할 수 있다.
  그러나 매우 높은 값은 일관된 결과를 얻기 어렵기 때문에 동일한 매개변수로 작
  업을 다시 실행하더라도 결과가 크게 달라질 수 없음을 생각하고 사용해야 한다.

Prompt example: /imagine prompt **watermelon owl hybrid —c 80**

📘 품질(Quality) 살펴보기

매개변수 --quality는 --q로도 사용하며, 이미지 생성에 필요한 시간과 관련이 있다. 고품질 설정(--q)을 선택하면 이미지의 세부 사항 처리와 동시에 생성 시간이 증가한다. 즉, 값이 높을수록 작업에 더 많은 GPU(그래픽 연산 처리) 시간이 소비됨을 의미한다. 그러나 이미지의 해상도에는 영향을 미치지 않는다. 기본 설정값은 --quality는 1이며, 현재는 .25, .5 그리고 1의 값만 허용되고, 초기 이미지 생성에만 영향을 준다. 사용할 수 있는 버전은 4와 5 그리고 niji 5이다.

퀄리티 값이 생성되는 이미지에 미치는 영향

더 높은 --quality 설정이 항상 더 좋은 것은 아니다. 생성하고자 하는 이미지에 따라서는 낮은 --quality 설정이 더 만족스러운 결과를 낼 수 있다. 추상적이고 동작적인 느낌을 주는 이미지를 만들기 위해서는 낮은 --quality 설정이 최적일 수 있다는 것이다. 반면에 세부 사항이 많이 필요한 건축 이미지 등을 보완하기 위해 더 높은 --quality 값이 이미지의 외관을 개선하는데 도움이 될 수 있다. 생성하고자 하는 이미지의 종류에 맞는 설정이 필요하다. 버전별 품질 호환성은 다음과 같다.

Model Version	Quality .25	Quality .5	Quality 1
Version 5	✓	✓	✓
Version 4	✓	✓	✓
niji 5	✓	✓	✓

버전 5에서의 품질을 설정해 보면 다양한 변화가 생긴다는 것을 알 수 있다.

Prompt example : /imagine prompt **detailed peony illustration ━q .25**

가장 빠르고, 단순한 결과를 얻는다. 평균 GPU 사용 시간의 1/4이며, 속도가 4배 빠르다.

──q .5 1을 기준으로 중간 정도의 결과를 얻는다.

──q 1 기본 설정값으로 평균이 되는 결과이다.

》 반복(Repeat) 살펴보기

매개변수 --repeat는 프롬프트 작업을 한꺼번에 여러 번 실행하며, --r로도 사용한다. 시각적 탐색을 높이기 위해 --chaos와 같이 결합할 수 있다. --repeat는 스탠다드 구독자는 2~10, 프로 구독자는 2~40의 값을 제공한다. --repeat은 Fast GPU 모드에서만 사용할 수 있으며, 작업의 결과에서 🔄 다시하기(Redo) 버튼을 사용하면 프롬프트는 한 번만 재실행된다. 반복 매개변수 사용 시 입력된 프롬프트 회수를 사용할 것인지 묻는 대화상자가 나타나며, [Yes] 버튼을 눌러 실행할 수 있다.

Prompt example: /imagine prompt **black cat ──r 4**

4개의 프롬프트 명령이 동시에 실행된 모습

🔰 시드(Seed) 살펴보기

미드저니와 같은 이미지 생성 프로그램은 초기 이미지 그리드를 생성하기 위한 시작점으로 시각적 필드를 만들기 위해 시드 번호를 사용한다. 시드 번호는 이미지마다 무작위로 생성되지만 --seed 또는 --sameseed 매개변수를 통해 지정할 수 있다. 시드 번호를 사용하는 이유는 같은 시드 번호를 사용하게 되면 유사한 최종 이미지를 생성할 수 있기 때문이다. --seed는 0-4294967295 범위의 정수를 받으며, --seed 값은 초기 이미지 그리드(생성된 4개의 이미지)에만 영향을 미친다. 동일한 --seed

값은 버전 1, 2, 3, 테스트 그리고 testp를 사용할 때 유사한 구성, 색상, 세부 사항을 가진 이미지를 생성한다. 또한 버전 4, 5, 그리고 niji를 사용할 때 거의 동일한 이미지를 생성할 수 있다. 시드 번호는 고정적이지 않으며 세션 간에 의존해서는 안 된다.

시드 값(번호)이 생성되는 이미지에 미치는 영향

시드 번호가 지정되지 않으면 미드저니는 무작위로 생성된 시드 번호를 사용하여 프롬프트가 사용될 때마다 다양한 결과물을 생성한다.

Prompt example: /imagine prompt **white penguin (시드 값 없음: 무작위)**

하지만 다음과 같이 시드 번호를 사용할 경우에는 반복되는 프롬프트에서 항상 같은 결과물을 생성한다. 그렇기 때문에 유사한 결과물들을 반복해서 생성해야 할 경우라면 시드 번호를 사용해야 한다.

Prompt example: /imagine prompt **white penguin ──seed 123**

생성된 이미지의 시드 번호 찾기

무작위로 생성된 이미지 중에 반복해서 사용할 이미지가 있을 경우 시드 번호를 알아야 한다. 이럴 경우에는 생성된 해당 이미지의 우측 상단의 [반응 추가하기] 버튼을 누른다.

반응 탭이 열리면 검색 필드에 ❶[envelope]를 입력한다. 편집봉투 아이콘이 나타나면 ❷[첫 번째 아이콘]을 클릭하여 해당 이미지의 시드 번호와 ID를 요청한다.

그러면 해당 이미지에 대한 Job ID와 seed를 받을 수 있다. 이제 ID와 시드 번호를 통해 원하는 같은 이미지 생성 작업을 할 수 있다.

ID로 이전에 생성한 이미지 찾기

시드 번호의 활용법은 앞서 살펴보았기 때문에 이번에는 ID로 이전에 생성된 이미지를 찾아보기로 한다. 프롬프트 좌측의 ❶[+] 아이콘을 클릭한 후 ❷[앱 사용]을 선택하여 모든 앱을 사용할 수 있도록 한다.

그다음 프롬프트에서 ❶[/]를 입력하여 ❷[/show] 명령어를 선택한 후 앞서 찾아놓은 ❸[ID를 복사(Ctrl+C), 붙여넣기(Ctrl+V)]한다. 그리고 [엔터] 키를 눌러 실행하면 해당 ID의 이미지를 찾아준다.

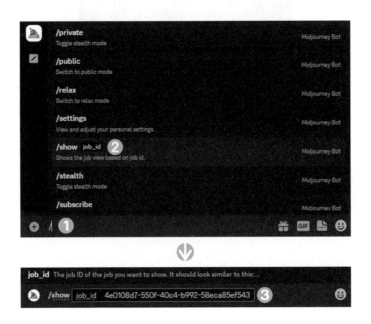

4개의 그리드 이미지 중 특정 이미지의 시드 번호 및 ID 찾기

하나의 특정 이미지에 대한 ID와 시드 번호를 찾는 방법은 앞서 학습한 [생성된 이미지의 시드 번호를 찾는 방법]과 동일하다. 다만 생성된 4개의 이미지 중 원하는 이미지에 대한 업스케일링 버튼을 누른 후 새롭게 생성된 하나의 이미지에서 ✉️ [envelope]를 하면 된다.

▶ 정지(Stop) 살펴보기

매개변수 --stop은 이미지 생성 중 작업을 중단(완료)할 때 사용된다. 이 과정에서 완성되지 않은 더 흐릿하고 세부 사항이 적은 거칠고 투박한 결과물을 생성할 수 있다. --stop은 10~100의 값을 사용할 수 있으며, --stop 값의 기본은 100이다. 참고로 --stop은 업스케일링 중에는 작동하지 않는다.

Prompt example : /imagine prompt **yellow rose —stop 60**

🔽 스타일화(Stylize) 살펴보기

미드저니는 예술적인 색상, 구성, 형태를 중시하는 이미지를 생성하도록 학습 훈련이 되었다. 여기에서 --stylize 또는 --s 매개변수는 이 훈련이 얼마나 강력하게 적용되는지에 경험할 수 있다. 낮은 스타일화 값은 프롬프트에 가까운 이미지를 생성하지만 예술적이지는 않다. 높은 스타일화 값은 매우 예술적인 이미지를 생성하지만, 프롬프트와의 연관성은 떨어지게 된다. --stylize의 기본값은 100이며, 버전 4를 사용할 경우에는 0~1000까지의 값을 사용할 수 있다.

	Version 5	Version 4	Version 3	Test / Testp	niji
Stylize default	100	100	2500	2500	NA
Stylize Range	0-1000	0-1000	625-60000	1250-5000	NA

버전 4에서의 스타일화

미드저니 버전 4에서의 스타일화는 기본적으로 100을 사용하며, 최대 1,000까지의 범위를 설정할 수 있다.

Prompt example : /imagine prompt **illustrated figs ⎯s 100**

⎯s 50 낮은 스타일 값

⎯s 100 기본 스타일 값

⎯s 250 높은 스타일 값

⎯s 750 매우 높은 스타일 값

버전 5에서의 스타일화

미드저니 버전 5에서의 스타일화는 기본적으로 100을 사용하며, 최대 100까지의 범위를 설정할 수 있다.

Prompt example : /imagine prompt **colorful risograph of a fig ⎯s 100**

⎯s 0 스타일 값이 없을 때

⎯s 50 중간 스타일 값

⎯s 100 기본 스타일 값

〉〉 스타일(Style) 살펴보기

매개변수 --style은 객체의 미적인 부분을 미세 조정하여 더 사실적인 이미지, 영화 같은 느낌, 더 깜찍하고 귀여운 캐릭터를 만드는데 도움을 준다. 현재 기본 버전인 5.2은 --style raw를 받아들일 수 있으며, Niji 5 버전에서는 --style cute, --style scenic, --style original 또는 --style expressive의 매개변수를 사용할 수 있다.

기본 5.2 버전 스타일

미드저니 기본 모델 버전은 자동 업데이트되며, 현재는 기본 버전은 5.2 은 하나의 스타일, 즉 --style raw를 가지고 있다. --style raw 매개변수는 미적 요소의 영향을 줄이며, 이미지에 대해 더 많은 제어권을 주어 더 실사 느낌의 이미지를 생성할 수 있다.

Prompt example: /imagine prompt **pastel fields of oxalis**

default 옥살리 파스텔 들판   **—style raw** 옥살리 파스텔 들판

Prompt example: /imagine prompt **guinea pig wearing a flower crown**

default 꽃관을 쓴 기니피그   **—style raw 꽃관을 쓴 기니피그**

Niji 5 버전 스타일

니지(Niji)는 카툰(만화, 수채화) 느낌의 이미지를 생성하는 모델이며, 니지 5 버전에서도 --style 매개변수를 미세 조정하여 서로 다른 독특한 스타일을 표현할 수 있다. --style cute, --style scenic, --style original, 또는 --style expressive으로도 사용할수 있다.

—**style cute** 귀엽고 사랑스러운 캐릭터, 소품 그리고 설정을 만든다.

—**style expressive** 더 풍부하고 세련된 느낌의 그림체를 만든다.

—**style original** 2023년 5월 26일 이전에 기본값이었던 원래의 Niji 모델 버전 5를사용한다.

—**style scenic** 환상적인 주변 환경 속에서 아름다운 배경과 영화 같은 캐릭터의 순간을 만든다.

━niji 5 나뭇가지에 앉은 새

━niji 5 ━style original

━niji 5 ━style cute

━niji 5 ━style expressive

—niji 5 —style scenic

미드저니 5.2 vs 니지 5 버전 스타일 비교하기

같은 프롬프트를 미드저니와 니지 매개변수를 적용하면 완전히 다른 느낌의 결과물을 얻을 수 있다. 다음은 [birds sitting on a twig]이란 프롬프트를 미드저니와 니지에 적용한 그림이다.

—v 5.2

—niji 5

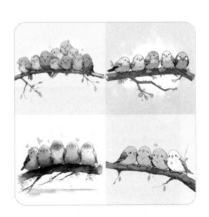

미드저니 5.2 버전에서 Raw 모드 세팅하기

설정 명령어를 사용하면 미드저니와 니지의 기본 설정을 할 수 있다. 여기에서는 미드저니 5.2 버전에서 기본적으로 가공되지 않은 느낌의 로우(Raw) 모드를 설정하는 방법에 대해 알아본다. 프롬프트에서 **❶[/]**를 입력한 후 **❷[/settings]** 명령어를 선택한다. 그다음 **❸[엔터]** 키를 누른다.

세팅 창이 열리면 미드저니 5.2가 선택된 것을 확인한 후 **[RAW Mode]**를 선택(초록색으로 변함)한다. 이것으로 미드저니 5.2 버전에서는 기본적으로 Raw 스타일이 적용된다. **5.2 버전보다 상위 버전에서도 학습을 하는 데에는 문제가 없다.**

▶ 타일(Tile) 살펴보기

매개변수 --tile은 패브릭, 벽지, 텍스처 등의 무빙 패턴을 만들기 위해 반복 타일로 사용할 수 있는 이미지를 생성한다. --tile은 버전 1, 2, 3, test, testp, 5점대 버전에서 사용되며, 단일 타일만 생성할 수 있다. 만약 반복되는 타일 이미지를 제작하고자 한다면 Seamless Pattern Checker와 같은 패턴 제작 툴을 사용한다.

Prompt example : /imagine prompt **swift scribbles of clams on rocks ――tile**

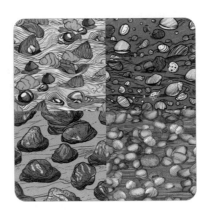

반복되는 패턴 만들기

미드저니에서 생성한 단일 패턴을 반복되는 패턴 이미지로 만들기 위해 사용할 패턴을 하나 생성한 후 [www.pycheung.com/checker] 웹사이트를 열어준다. [학습자료] 폴더의 [Seamless texture check – pycheung.com] 바로가기 파일로 열어줄 수도 있다.

🔖 [학습자료] – [Seamless texture check – pycheung.com] 바로가기 실행

더블클릭

Seamless Pattern Checker 웹사이트가 열리면 그림처럼 패턴을 제작할 수 있는 화면
이 열리는데, 여기에서 ❶[File] 버튼을 클릭한 후 미리 만들어 놓은 ❷❸[패턴 이미
지]를 가져온다. 단일 패턴 이미지는 학습자료 폴더에서 가져올 수 있으며, 복사된 패턴 이미지를
Paste 버튼을 통해 적용할 수도 있다.

📑 [학습자료] – [패턴 01] 이미지 활용

적용된 단일 패턴 이미지는 그림처럼 자동으로 연속되는 패턴 무늬로 전환되면 [다운로드] 버튼을 눌러 별도의 이미지 파일로 만들면 된다.

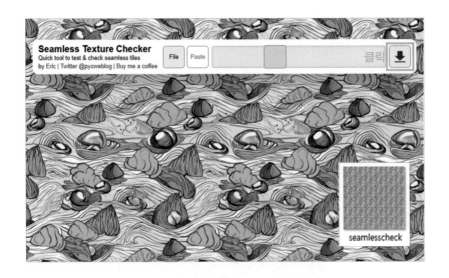

이미지(패턴) 판매하여 수익을 낼 수 있는 방법

미드저니와 같은 AI 이미지 생성 툴을 사용하여 제작한 이미지들은 이미지 판매 플랫폼(웹사이트)에서 유료 판매를 할 수 있다. 대표적으로 파이버(Fiverr)라는 곳인데, 국내뿐만 아니라 세계적으로 많은 사용자들이 이용하는 이미지 셰어(공유) 플랫폼이기 때문에 잘 만들어진 이미지는 상상 이상의 수익을 창출할 수 있다. 파이버는 [www.fiverr.com]이나 [학습자료] 폴더에 있는 [바로가기] 파일을 실행하여 접속할 수 있다.

Fiverr - Freelance
Services
Marketplace

🔵 버전(Version) 살펴보기

미드저니는 효율성, 일관성, 품질을 향상시키기 위해 정기적으로 새로운 모델 버전을 출시한다. 최신 모델(버전)이 기본값이지만 --version 또는 --v 매개변수를 추가하거나 /settings 명령어를 사용하여 원하는 버전을 선택함으로써 다른 버전들을 통해 서로 다른 유형의 이미지를 만들 수 있다.

버전 5.2 + 스타일 Raw 매개변수

미드저니 버전 5.2 정기적으로 업데이트 됨 는 --style raw 매개변수를 이용해 가공되지 않은 미적 요소를 미드저니의 기본 스타일로 사용할 수 있다.

Prompt example: /imagine prompt **poppy —style raw**

Prompt example: /imagine prompt **character design, female character, fantasy, superhero, super suit, blue, light blue, white, full body, spider suit, accessories, ribbon, skirt, bow, spiderman, white background, detail —style raw**

버전 5

미드저니 버전 5는 5.1, 5.2보다 프롬프트와 일치되는 사진 같은 결과물을 만들어 내지만 원하는 미적 요소를 표현하기 위해 긴 프롬프트가 필요할 수 있다. 다음은 앞서 살펴본 버전 5.2의 스타일 로우와 동일한 프롬프트로 생성된 버전 5의 결과물이다.

Prompt example : /imagine prompt **vibrant Korean poppy ──v 5**

Prompt example: /imagine prompt **character design, female character, fantasy, superhero, super suit, blue, light blue, white, full body, spider suit, accessories, ribbon, skirt, bow, spiderman, white background, detail ——v 5**

버전 4

미드저니 버전 4는 2022년 11월부터 2023년 5월까지 기본 모델이다. 이 모델은 미드저니가 설계하고 새로운 미드저니 AI 슈퍼클러스터에서 학습한 완전히 새로운 코드 베이스와 브랜드 그리고 새로운 AI 아키텍처를 특징으로 하고 있으며, 이전 모델들에 비해 생물, 장소, 객체에 대한 표현이 더욱 향상되었다. 또한 버전 4는 매우 높은 일관성과 이미지 프롬프트에 탁월하게 작동한다.

Prompt example: /imagine prompt **high contrast surreal collage ——v 4**

Prompt example : /imagine prompt **high contrast surreal pop art ──v 4**

그밖에 버전 3은 높은 창의성을 특징으로 강력한 예술적인 미학과 독특한 스타일의 이미지를 생성한다. 특히 예술적인 탐색과 실험에 적합하며, 종종 예상치 못한 놀라운 결과를 가져온다. 버전 2는 예술적인 능력과 창의성을 향상시키기 위해 도입되었으며, 버전 1에 비해 이미지의 세부 사항과 텍스처, 색상 사용에 더욱 뛰어나고, 복잡한 프롬프트에 대한 이해도가 높다. 마지막으로 초기 버전인 모델 1은 기초

적인 시각적 창의성을 제공하며, 단순한 프롬프트로부터 효과적으로 이미지를 생성한다. 하지만 복잡한 프롬프트에 대한 처리는 다른 모델 버전들에 비해 제한적이다. 결과적으로 각 버전의 특징을 잘 활용한다면 다양한 이미지를 생성할 수 있다. 다음의 그림들은 동일한 프롬프트를 통해 생성된 버전 별 결과물이다.

—v 3

—v 2

—v 1

—v 3 —v 4

🔜 미드저니 사용 스타일과 명령어 프롬프트 리스트

미드저니의 스타일 프롬프트는 생성하고자 하는 이미지의 느낌을 좀 더 구체적으로 지시할 수 있는 일종의 명령어와 같은 것이며, 사용할 수 있는 스타일 프롬프트는 거의 무한하다. 각 스타일 프롬프트의 구분은 쉼표(,) 또는 공란(Space)으로 해야 한다.

『 /Imagine Prompt **[생성할 이미지 설명]**, high detail, 8K, photograph, by canon eos ─ ─ar 3:2 』

위의 프롬프트는 대괄호 안에 [원하는 이미지에 대한 구체적인 설명]을 입력한 후 다음으로 디테일을 높여주고(high detail), 화질과 해상도를 8K급, 실사 사진 느낌 (photograph), 사진의 캐논 EOS 카메라의 느낌과 색감(by canon eos) 마지막으로 사진 크기를 3:2(--ar 3:2) 비율로 하라는 파라미터이다.

미드저니 프롬프트를 적을 때 이상적인 구조는 다음과 같다. 물론 그림 설명 외에 나머지 요소는 제외해도 그림은 생성된다. 보다 원하는 그림을 그리기 위한 요소일 뿐이다. 아래 순서는 바뀌어도 되지만 가능한 한 그림을 생성할 때 가장 중요한 요소를 맨 앞쪽에 배치하는 것이 유리하다. 즉, 만들고 싶은 그림의 스타일을 맨 앞에 위치해 스타일부터 잡고 가는 것도 좋다는 것이다.

[만들고 싶은 그림 주어] ─ [그림 설명 혹은 요소] ─ [그림에 적용할 형태/스타일] ─ [색상 혹은 분위기] ─ [그림의 크기/비율] ─ [파라미터]

여성, 금발, 해변을 걷고 있다, 실사사진 스타일로, 디테일은 최대치로, 사진비율 16:9

Prompt example : /imagine prompt **woman, blond hair, walking on the beach, photograph, ultra─detailed ──ar 16:9**

이번 예시는 스타일을 우선하는 경우이다. 그림책에 들어갈 삽화를 만든다면 그림체가 가장 중요한 요소이기 때문에 스타일을 맨 앞쪽에 배치하는 것이 좋다.

애니메이션 스타일, 그림책 스타일, 작은 소녀, 빨간 망토, 그림은 귀엽고, 단순한 색상

Prompt example: /imagine prompt anime style, story book style, little girl, red riding hood, cute, simple color

살펴본 것처럼 작업 상황에 따라 스타일을 가장 앞에 배치하는 것이 훨씬 좋은 결과가 나올 수 있다는 것을 알 수 있다. 또한 애니메이션과 그림책 스타일을 동시에 사용해도 두 가지 스타일이 적당히 혼합되어 생성되기 때문에 상상하는 그림을 생성하기 위해 다양한 스타일을 함께 적용해도 좋다. 단, 너무 상반되는 스타일이나 지나치게 많은 스타일을 적용하면 일부는 반영되지 않으니 주의해야 한다.

일반적인 스타일을 표현하기 위한 프롬프트

미드저니에서 원하는 그림체나 스타일을 지정하는 **프롬프트(버전 5.2 기준)** 사용법을 실제 예시를 통해 살펴보기로 한다. 단, 예시로 사용한 프롬프트를 똑같이 사용해도 매번 다른 이미지가 생성되기 때문에 프롬프트를 여러 번 반복하는 과정이 필요하다.

● **2d style** 2D 스타일 외에도 [cute], [simple]과 같은 프롬프트를 추가하면 귀여운 느낌이나 단순화된 그림체 등의 일반적인 그림 스타일을 만들어 낼 수 있다.

Prompt example : /imagine prompt **2d style**, little red riding hood and the wolf, cute, simple

● **8bit style, 16bit style, retro** 8비트, 16비트 혹은 레트로 스타일, 옛날 게임 스타일(게임보이, 드림 캐스트, 닌텐도)을 키워드로 입력해도 된다.

Prompt example : /imagine prompt **8bit style, retro,** the rainy streets of new york, simple

● **isometric style** 아이소메트릭 스타일로 쿼터뷰 시점을 제공한다.

Prompt example : /imagine prompt **isometric,** train station where trains come in

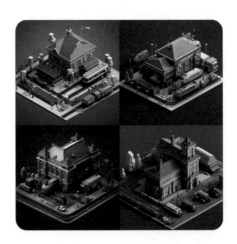

● **runway, catwalk** 패션쇼 런웨이 스타일 프롬프트이다. 좋아하는 패션 브랜드 이름을 추가할 수 있으며, 브랜드 뒤에 catwalk를 입력하면 모델 워킹하는 스타일이 연출된다.

● **cyberpunk** 사이버펑크 스타일이며, 예시에는 사이버펑크 2045의 미래도시로 프롬프트하였다.

● layered paper craft, paper art, diorama 페이퍼 아트 프롬프트이다. 3개의 프롬프트로 구성했지만 하나씩 이용해도 좋다. 단, 하나씩 이용할 경우 스타일이 조금씩 변경된다. 가장 이상적인 페이퍼 아트 스타일은 위 3가지 프롬프트를 함께 사용하는 것이다. 예시는 작업실 의자에 앉아있는 피노키오이다.

Prompt example: /imagine prompt **layered paper craft, paper art, diorama, workshop, pinocchio in the chair**

● anime style, manga style 애니와 망가 스타일이다.

Prompt example: /imagine prompt **anime, manga, movie john wick**

● **photograph, photo realistic, polaroid** 사진 같은 느낌을 연출하는데 이상적이다. 촬영 연도나 필름 이름까지 포함시키면 해당 시대의 분위기와 필름 효과가 반영된다. 예시는 1990년대 분위기를 반영하여 제임스 딘을 모티브로 한 경우로 프롬프트에 시대를 반영하는 것도 좋은 방법이 될 수 있다.

Prompt example: /imagine prompt **photo realistic**, vintage, young man in jeans and white short-sleeved t-shirt leaning against an old red mustang car, james dean style, fujifilm, 1990

● **close-up, fullbody(full-body)** 인물 이미지를 생성할 때 [근접 실사 이미지]나 [전신 이미지]를 만드는데 활용된다. [close-up]은 근접 촬영법으로 상반신(특히 어깨 이상) 이미지 생성을 위해 사용되며, [fullbody]는 전신 이미지를 생성하는데 사용된다. 이때 [full-body]는 전신 이미지를 충분히 그릴 수 있도록 비율을 9:16이나 2:4 등으로 설정해야 전신 이미지를 제대로 표현할 수 있다.

다음의 프롬프트는 미드저니 버전 5.2에 적용된 예시이다. 그러나 미드저니 버전 5에서는 [16k], [photo-reality], [ultra-detailed]와 같은 프롬프트를 사용하지 않는 것이 더 사실적인 이미지 생성에 도움이 된다. 또한 [hanbok(한복)]과 같이 특정 의상을 사용하면 이미지의 분위기가 확 달라질 수 있다. 참고로 [한복]을 프롬프트로 사용하면 중국이나 일본의 기모노와 같은 형태의 의상이 자주 생성되기 때문에 한국식 한복 이미지를 생성하려면 [korea hanbok]과 같은 프롬프트를 사용하여 한국식 한복 이미지에 대한 학습 요청을 증가시킬 필요가 있다.

Prompt example: /imagine prompt close-up, beautiful **korean woman in korea hanbok**, 16k, photo-reality, ultra-detailed

모델처럼 아름다운 여성을 표현할 때의 프롬프트

미드저니를 통해 아름다운 여성의 실제 이미지를 생성하기 위한 프롬프트 중에는 [beautiful woman] 혹은 [beautiful korean woman] 등이 가장 일반적으로 사용되는 프롬프트이며, 중간에 [korean]과 같이 국적을 명시하면 해당 국가 여성으로 표현된다. 또한 [a model-like woman] 혹은 [a model-like man]과 같은 느낌의 여성 혹은 남성을 표현하기도 한다.

● light 조명 프롬프트를 사용하면 인물이나 제품 이미지 생성에 효과적이다. 조명
  은 이미지 설명 프롬프트 뒤 혹은 앞에 사용하면 된다.

Prompt example: /imagine prompt **a sunlit studio**, korean model-like woman with layered hair in a black tee, expressionless, black background. ─ar 4:3

위의 예시처럼 [a sunlit]와 [studio]를 섞어서도 이용할 수 있으며, 그밖에 사용
하면 좋은 조명 관련 프롬프트는 다음을 참고한다.

direct sunlight 직사광선

studio-light: 스튜디오 조명

candlelight 촛불 조명

moonlight 달빛 조명

natural lighting 자연광

sunlight 혹은 a sunlit 햇빛 표현

neon lamp 네온 램프 조명

nightclub lighting 나이트클럽 조명

다음은 사진과 같은 이미지의 퀄리티에 관련된 프롬프트이다. 좀 더 디테일한 사진의 느낌이나 특정 카메라의 색감이나 아웃포커싱의 느낌을 만들고 싶으면 다음의 프롬프트를 참고한다.

8k, 16K 8K 혹은 16K 해상도를 적용하기 위한 명령어

photo realistic 사진과 같은 리얼함을 요구하는 명령어, 실사 사진에 가장 많이 이용되는 프롬프트이다.

high detailed / ultra detailed / hyper detailed 디테일을 최대한 적용하기 위한 명령어, 실사 사진에 가장 많이 이용되는 프롬프트이다.

dhr HD, DHR급 퀄리티를 표현하기 위한 명령어

8k, high detailed, dhr 위의 명령을 모두 적용하기 위한 명령어

high contrast 콘트라스트를 높여주기 위한 명령어

by Canon EOS 캐논 EOS의 스타일과 색감을 위한 명령어

by Sony Alpha α 7 소니 알파 7의 스타일과 색감을 위한 명령어

SIGMA art lens 35mm F1.4, ISO 200 shutter speed 2,000감도 및 셔터스 피드 같은 옵션을 주는 명령어, 변형이 가능하다.

full length portrait 전신 초상을 위한 명령어

600mm lens 특정 렌즈의 느낌을 위한 명령어

cinematic lighting 영화 조명 느낌을 위한 명령어

● **still from film** 영화 스틸컷 스타일의 이미지를 생성할 때 유용하다. 실제 영화 제목과 주인공의 이름을 프롬프트로 사용하면 더욱 효과적이다. 실제 사진 같은 효과를 위해서는 [16K], [high detail], [photo realistic] 같은 프롬프트를 사용할 수도 있다.

Prompt example: /imagine prompt **still from film**, jon snow on the iron throne, game of thrones, 16k, high detail, photo realistic

● **interior design** 인테리어 디자인에 흔히 이용되는 프롬프트이다.

Prompt example: /imagine prompt **interior design**, simple living room with sunlight

● **dvd screengrab from studio ghibli movie** 애니메이션 제작 스튜디오 지브리

의 스타일을 표현하는데 사용된다. 일반적인 실사 이미지는 [dvd screengrab] 프롬프트만으로도 충분히 효과를 볼 수 있다. 예시는 스튜디오 지브리의 스타일로 아름다운 시골 하늘 아래의 성을 표현하기 위한 것으로, 이렇게 특정 애니메이션 스타일을 적용하고 싶을 때는 해당 스타일이나 스튜디오 이름을 프롬프트에 포함하는 것이 효과적이다.

Prompt example : /imagine prompt **dvd screengrab from studio ghibli movie,** beautiful country with castle floating in the air, retro animaion —no mountain

아티스트 스타일을 표현하기 위한 프롬프트

미드저니는 특정 아티스트의 스타일을 반영한 작업도 가능하다. 고전 미술 작가부터 현대 화가, 애니메이터, 일러스트레이터 등 다양한 아티스트의 스타일을 적용할 수 있다. 프롬프트에 원하는 아티스트의 이름을 입력하면 미드저니는 해당 아티스트의 스타일을 모방하여 이미지를 생성한다. 물론 이 과정에서 원하는 결과물을 얻기 위해서는 여러 번의 시도를 해야 할 것이다. 다음은 [하늘에 달린 자몽은 달콤하다]라는 제목의 책 표지를 위한 [신카이 마코토의 애니메이션 스타일]을 프롬프트로 작성한 결과이다.

Prompt example: /imagine prompt **grapefruit hanging in the sky is sweet, by makoto shinkai, anime style**

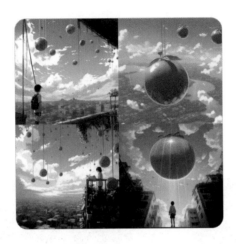

💡팁 & 노트

아티스트 이름 앞에 by를 넣어야 하는 이유
특정 아티스트 스타일을 원할 때 아티스트 이름 앞에 [by]의 포함 유무는 아주 중요하다. 간혹 아티스트 앞에 by가 포함되지 않을 때 해당 아티스트의 얼굴과 외모를 닮은 이미지를 생성하기 때문이다.

미드저니에서 가장 많이 애용되는 아티스트들은 빈센트 반 고흐(vincent van gogh), 피카소(pablo picasso), 모네(claude monet), 달리(salvador dali), 알폰소 무하(alphonse mucha), 신카와 요지(yoji shinkawa), 미야자키 하야오(hayao miyazaki), 토리야마 아키라(akira toriyama), 앤디 워홀(andy warhol), 고야(francisco de goya), 에드가 드가(edgar degas), 프리다 칼로(frida kahlo) 등이 있으며, 그밖에 인지도가 있는 아티스트라면 미드저니에서 충분히 구현할 수 있다.

최대한 상세하게 키워드로 설명하자

가장 만족스러운 한 장의 이미지를 얻기까지... 최대한 상세하게 이미지의 설명과 키워드를 입력하면 훨씬 좋은 결과물을 얻을 수 있다. 단순하게 단어의 나열도 상관없다. '코가 오른쪽 볼에 치우친 모습, 하늘을 날으는 꼬마 기관 열차에서 뿜어 나오는 연기, 볼빨간 사춘기의 노래를 듣는 사과 등 자신이 상상하는 이미지를 최대한 상세하게 설명하는 것이 바로 자신이 원하는 최적의 이미지를 얻는 것이다. 다음의 프롬프트를 보면 포효하는 레슬러의 모습을 상세하게 표현된 결과물이다.

[A hyper-realistic, extremely sharp high resolution photo, shot with a Leica M9 on Kodak Portra 400 film, of a deranged insane Gucci WWE Wrestlemania pro wrestler covered in tattoos looking menacing in the ring, there are fireworks, fire, sparks and a roaring crowd in the background, with cinematic high-contrast moody lighting, directed by Christopher Nolan —ar 3:2 —chaos 25]

003. 표현의 한계를 뛰어넘는 미드저니 사용법

미드저니의 기본 매개변수와 더불어 스타일과 같은 고급 프롬프트를 사용하면 이미지를 프롬프트의 일부로 인식한 결과물을 생성할 수 있으며, 생성된 결과물에 대한 재구성을 할 수 있는 리믹스 그리고 여러 개의 이미지를 분석한 합성, 여러 개의 프롬프트를 한꺼번에 사용하는 다중 프롬프트, 특정 객체에 대한 순열 프롬프트 등을 활용할 수 있다.

미드저니 명령어 리스트

미드저니는 DALL-E와 스테이블 디퓨전과는 다른 디스코드를 기반으로 하는 프로그램이기 때문에 미드저니만의 독특한 명령어를 사용해야 한다. 다음은 미드저니에서 사용할 수 있는 주요 명령어 목록이다. 이 명령어들을 통해 미드저니(5.2 버전 기준)를 보다 효율적으로 사용할 수 있다.

/ask 궁금한 것에 대한 질문과 답을 얻을 수 있는 명령어이다.

/blend 2~5개의 이미지를 합성(결합)할 때 사용되는 명령어이다.

/describe 외부에서 이미지를 가져와 색다른 이미지를 생성할 때 사용되는 명령어이다.

/help 미드저니를 사용하는데 유용한 정보들을 받을 수 있는 명령어이다.

/info 사용자 계정에 대한 정보를 알려주는 명령어이다.

/invite 디스코드 서버로 외부인을 초대할 수 있는 링크를 보내주는 명령어이다.

/daily_theme 오늘의 주제를 알림으로 안내받도록 설정하는 명령어이다.

/fast 패스트 GPU 모드로 전환하는 명령어이다.

/relax 릴랙스 GPU 모드로 전환하는 명령어이다.

/stealth 프로 요금제 사용 시 비공개 작업(스텔스) 모드로 전환하는 명령어이다.

/public 공개 작업 모드로 전환하는 명령어이다.

/settings 자주 사용하는 파라미터와 명령어를 손쉽게 조작할 수 있는 설정 창을 열어주는 명령어이다.

/imagine 가장 즐겨 사용되는 명령어로 프롬프트를 통해 입력된 텍스트에 맞는 이미지를 생성하는 명령어이다.

/prefer remix 리믹스 모드로 전환하는 명령어이다.

/prefer auto_dm 생성한 모든 이미지와 이미지의 정보를 다이렉트 메시지로 받도록 설정하는 명령어이다.

/prefer suffix 모든 프롬프트 끝에 고정적으로 추가할 프롬프트와 파라미터를 설정하는 명령어이다.

/prefer option set 사용자 지정 옵션을 생성하거나 관리하는 명령어이다.

/prefer option list 현재 설정된 사용자 지정 옵션 목록을 보기 위한 명령어이다.

/private 비공개 모드를 실행하는 명령어이다. 비공개 모드를 사용하기 위해서는 프로 요금제로 업그레이드해야 한다.

/show job과 ID를 통해 지난 작업물을 찾을 때 사용되는 명령어이다.

/shorten 프롬프트를 분석하여 사용된 각 키워드에 대한 중요도를 정리해 주는 명령어이다.

/subscribe 베이식, 스탠더드, 프로 유료 요금제 결제를 할 수 있는 페이지의 링크를 보내주는 명령어이다.

미드저니 사용 시간 절약하는 방법

미드저니의 요금제는 이미지의 수량이 아닌, 패스트 모드를 이용하여 이미지를 생성하는데 필요한 시간(GPU 사용 시간)으로 제한을 두고 있다. 요금제별로 제공되는 월간 패스트 모드 시간은 베이식: 200분, 스탠더드: 900분, 프로:1,800분이다. 물론 패스트 모드의 사용량이 모두 소진되었다 하더라도 스탠더드 요금제 이상의 사용자는 릴랙스(Relax) 모드라는 저속 모드를 이용해 무제한으로 이미지를 생성할 수 있다.

만약 이미지 품질과 상관없이 미드저니 사용 시간을 절약하고자 한다면 이미지의 퀄리티를 낮춰 이미지를 빨리 만들면 된다. 퀄리티를 낮춘다고 이미지 품질이 현저히 떨어지는 것은 아니기 때문에 신속하게 결과물을 확인하고, 마음에 들지 않으면 다시 만들고, 마음에 드는 이미지가 생성되면 업스케일로 퀄리티를 높이는 방법을 권장한다. 다음의 4가지 프롬프트로 퀄리티를 조절할 수 있다.

— q .25 퀄리티를 25% 낮춤. 속도가 4배 빨라짐 (사용 시간 1/4 절약)

— q .5 퀄리티를 50% 낮춤. 속도가 2배 빨라짐 (사용 시간 1/2 절약)

— q 1 기본 상태

— q 2 퀄리티를 2배 높이고, 속도는 2배 낮아짐 (사용 시간 2배 더 소모)

쇼튼(Shorten) 명령을 활용한 이미지 생성하기

쇼튼(Shorten)은 프롬프트를 분석하여 사용된 단어(키워드)들에 대한 중요도를 정리하여 우선순위를 선택할 수 있도록 하는 5.2 버전에서 새로 추가된 기능이다. 이를 통해 불필요한 단어와 핵심 단어를 선별할 수 있다. 쇼튼은 다중 프롬프트에서는 작동하지 않는다. 살펴보기 위해 프롬프트에 ❶[/]를 입력한 후 ❷[/shorten]을 선택한다.

쇼튼 명령 프롬프트가 적용되면 다음과 같은 프롬프트를 입력한다. 하얀 드레스를 입은 아름다운 여인이 들판에 있는 장면에 뜬금없이 후라이드 치킨 광고 문구가 포함되어 있다.

📑 해당 프롬프트는 [학습자료] – [책 속 프롬프트 목록] 파일 참고

「/shorten prompt: field with beautiful flowers, beautiful korean woman in white dress, fried chicken advertisement, blue sky and clouds 」

Important tokens 창이 열리면 다음과 같이 5개의 단축 키워드가 제공된다. 이것은 앞서 입력한 프롬프트의 문장을 분석하여 최종 사용할 프롬프트를 선택하게끔 하는 것이다. 살펴보면 1, 2번은 치킨에 대한 키워드가 있기 때문에 3번이 가장 적절한 프롬프트라는 것을 알 수 있다. [3] 버튼을 누른다.

선택

세부 내용 살펴보기

프롬프트 추가 입력하기 창이 열리면 추가할 키워드를 입력한다. 필자는 마지막 [white] 옆에 ❶[dress]를 입력한 후 ❷[전송]하였다. **불필요한 키워드는 삭제할 수도 있다.**

최종 결과를 보면 처음 입력했던 불필요한 단어가 제거된 이미지가 생성된 것을 알 수 있다. 살펴본 것처럼 쇼튼은 프롬프트를 작성할 때 더욱 정확한 표현을 위한 매우 유용한 기능인 것을 알 수 있다.

☑ Show Details 쇼튼 프롬프트 결과를 보다 세부적으로 확인할 수 있는 창을 제공한다. 여기에서는 각 키워드들의 중요도를 그래프로 파악할 수 있도록 해준다.

남들이 만든 그림 응용하기

만약 남들이 생성한 이미지 중 마음에 들어, 응용하고 싶다면 해당 이미지의 프롬프트를 복사하여 자신의 프롬프트에 사용하면 된다. 자신이 원하는 프롬프트로 가져간 후 원하는 문장(키워드)으로 수정하면 간편하게 결과물을 얻을 수 있다. 다음의 이미지 중 위쪽은 다른 사람의 이미지이며, 아래쪽은 색상(yellow)만 바꿔서 얻은 결과물이다.

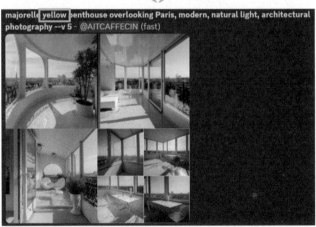

▶ 디스크라이브(Describe) 명령을 활용한 이미지 생성하기

디스크라이브(describe) 명령은 외부에서 이미지를 가져와 완전히 색다른 이미지를 생성할 때 사용한다. 이것은 외부의 이미지에 대한 주 속성(객체)을 반영하여 원본의 본질은 유지한 새로운 결과물이다. 사용하기 위해 프롬프트에 ❶[/]를 입력하여 ❷[/describe] 명령어를 선택한다.

이미지 가져오기 창이 열리면 사용할 이미지를 끌어다 놓거나 ❶[가져오기] 버튼을 클릭하여 ❷❸[사용할 이미지 파일]을 가져온다. 이미지가 적용되면 ❹[엔터] 키를 누른다.

📑 [학습자료] – [원숭이] 이미지 활용

이미지가 적용되면 미드저니는 기본적으로 4개의 프롬프트를 추천한다. 일단 여기에서는 ❶[1]번을 선택해 본다. 프롬프트 속성 창이 뜨면 프롬프트를 그대로 사용하거나 수정할 수 있다. 여기에서는 미드저니가 제시한 기본 프롬프트를 그대로 ❷ [전송(적용)]한다.

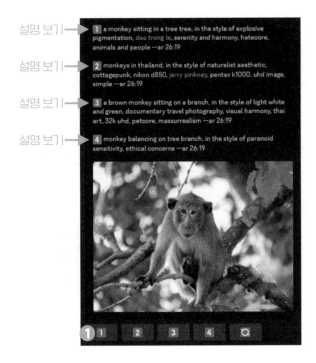

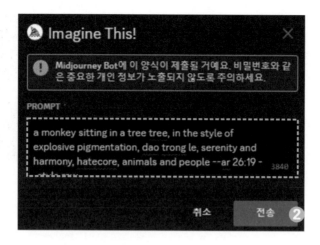

적용된 결과물은 다음과 같다. **프롬프트 내용: 폭발적인 색소 침착 스타일의 나무에 앉아 있는 원숭이, 평온과 조화, 증오심, 동물과 사람 —ar 26:19**

서버 그룹 채팅방에서 내 결과물 찾기

서버 채팅방에서 미드저니를 사용하면 다른 사용자들의 다양한 작품들을 보고 영감을 얻거나 사용된 프롬프트를 활용할 수 있다. 하지만 다른 사람들의 결과물에 밀려 자신이 생성한 결과물이 보이지 않게 되기도 한다. 이럴 땐 우측 상단의 [받은 편지함] – [멘션]을 선택하여 자신의 결과물을 쉽게 찾을 수 있다.

릴랙스 모드 선택과 릴랙스 모드 무제한 사용하기에 대하여

미드저니는 기본적으로 빠른 이미지 생성을 위한 패스트 모드를 사용한다. 이러한 패스트 모드는 요금제(구독 형식)에 따라 시간을 제한하고 있기 때문에 무제한으로 사용하기 위해서는 패스트 모드가 아닌 릴랙스(Relax: 스탠더드 요금제부터 사용 가능) 모드를 사용해야 한다. 릴랙스 모드를 전환하기 위해서는 [/relax] 프롬프트를 선택하면 되며, 세팅(/settings) 프롬프트를 통해 기본적인 릴랙스 모드로 활성화할 수 있다.

여러 개의 이미지를 하나의 이미지로 결합하기

이미지를 프롬프트의 일부로 사용하여 작업의 구성, 다양한 스타일, 색상에 영향을 주어 흥미로운 결과를 얻을 수 있다. 이미지 프롬프트는 이미지 단독 또는 프롬프트 언어를 병행할 수 있다. 이미지를 프롬프트에 추가하려면 이미지가 온라인(인터넷)에 저장된 위치의 웹 주소가 필요하다. 이때 주소는 PNG, GIF, .PG 등의 확장자로 끝나야 한다.

이미지 프롬프트를 활용한 다중 이미지 결합하기

여러 개의 이미지를 하나의 이미지로 결합하는 방법은 두 가지 방법이 있다. 먼저 이미지 프롬프트를 활용하는 방법에 대해 알아본다. 프롬프트 좌측 하단의 ❶[+] 버튼을 클릭하여 ❷[파일 업로드] 버튼을 눌러 결합하고자 하는 이미지(들)를 가져오면 된다. 하지만 이 방법은 미드저니 환경에 따라 시간이 많이 소요될 수 있으므로 보다 간편한 방법을 사용해 보기로 한다.

보다 간편한 방법을 사용하기 위해 결합할 이미지가 있는 [폴더]를 열어놓은 후 적용할 이미지를 ❶[선택(Ctrl 키)]한다. 그다음 ❷[드래그(끌어서)]하여 미드저니 프롬프트가 있는 곳에 갖다 놓는다. 이때 ❸[Shift] 키를 누르면 이미지가 곧바로 업로드된다.

📑 [학습자료] – [툰드라, 판다] 이미지 활용

업로드가 끝나면 그림처럼 프롬프트 상단에 적용된다. 미드저니 온라인(인터넷) 서버에 등록되었다는 의미이다.

계속해서 ❶[/imagine] 명령어를 적용한 후 이미지 프롬프트 뒤쪽에 앞서 등록한 ❷ [이미지(들)]를 차례대로 **순서와 상관없음** 끌어다 적용한다.

이때 이미지의 주소가 프롬프트에 적용되면 그림처럼 두 이미지 사이에 ❶[스페이스바]를 눌러 **띄어쓰기(줄 바꿈)**를 해야 정상적으로 작동된다. 줄 바꿈 후 ❷[엔터] 키를 눌러 적용한다.

적용된 후의 모습을 보면 매우 자연스럽게 두 이미지가 결합(합성)된 것을 알 수 있다. 참고로 생성된 이미지 상단(파란색 글자)에는 해당 이미지의 주소가 있기 때문에 다른 작업에서도 사용할 수 있다.

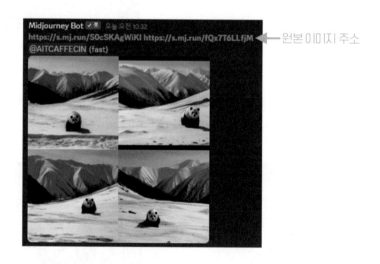

☑ 이미지 프롬프트 사용 시 프롬프트 뒤쪽에 [명령어] 또는 [파라미터]를 사용하면 다양한 스타일의 결과물을 만들 수 있다.

하나의 이미지를 변형하고자 할 때

하나의 이미지도 이미지 프롬프트로 사용할 수 있다. 다만 버전은 3.0 이하에서만 사용이 가능하다. 다음은 앞서 온라인에 등록된 판다 이미지를 프롬프트로 사용한 결과물이다.

블렌드 명령어를 활용한 다중 이미지 결합하기

블렌드(Blend) 명령어를 사용하면 2~5개의 이미지를 빠르게 업로드한 후 각 이미지의 개념과 속성을 분석하여 새로운 이미지로 결합할 수 있다. 이것은 앞서 살펴본 이미지 프롬프트와 같지만, 블렌드는 모바일 기기에서도 쉽게 사용할 수 있도록 최적화된 인터페이스를 제공한다. 하지만 블렌드는 프롬프트에 문자를 사용할 수 없다. 살펴보기 위해 프롬프트에 ❶[/]를 입력한 후 ❷[/blend] 명령을 선택한다.

블렌드가 적용되면 그림처럼 기본적으로 2개의 이미지를 가져올 수 있는 업로드
버튼이 나타난다. 여기에서 각각의 ❶❷[업로드 버튼]을 눌러 이미지를 적용한다.

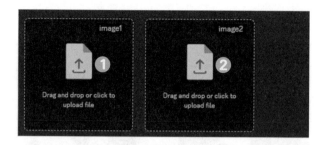

이미지가 적용되면 두 번째 이미지에서 [엔터] 키를 눌러 두 이미지를 결합한다. 합
성 결과는 앞서 살펴본 이미지 프롬프트와 유사하다는 것을 알 수 있다.

☑ 블렌드는 최대 5개의 이미지까지 결합이 가능하다. 사용하기 위해서는 두 번째 이미지 우측의 [+4 더 보기]를 클릭한다.

그러면 옵션 메뉴가 뜨며, image3, 4, 5 중 원하는 것을 선택한 후 이미지를 가져와 적용하면 된다.

💡 팁 & 노트

블렌드 명령어 사용 시 결과물에 대한 비율 설정하기

블렌드 명령어 사용 시 사용되는 결과물에 대한 비율을 설정하기 위해서는 앞서 살펴본 것처럼 [+4 더 보기] 버튼을 클릭한 후 옵션 메뉴에서 [dimensions] – [비율] 선택하면 된다.

🔊 리믹스(Remix) 모드를 활용한 이미지 생성하기

리믹스 모드를 사용하면 프롬프트, 파라미터, 버전 그리고 변형 사이의 종횡비를 변경할 수 있다. 리믹스는 초기 이미지의 구성을 변경하고, 주제를 발전시켜 새로운 작업의 일부로 사용할 수 있다.

리믹스 사용법 1 (버전별 리믹스 사용)

리믹스는 [/prefer remix] 명령어를 사용하거나 [/settings] 명령어를 통해 열린 설정 창에서 [Remix Mode] 버튼을 눌러(토글: ON/OFF) 리믹스 모드를 제어할 수 있다. 리믹스가 활성화된 상태에서는 생성된 이미지 그리드 아래쪽의 V1, V2, V3, V4 버튼을 눌러 변형 중에 프롬프트를 편집할 수 있으며, 업스케일된 이미지는 [Make Variations] 버튼을 통해 리믹스할 수 있다.

• **명령어로 리믹스 켜기(끄기)** 프롬프트에 [/prefer remix]를 입력하거나 메뉴로 선택하여 리믹스를 켜거나 끌 수 있다.

• **설정 창에서 리믹스 켜기(끄기)** 프롬프트에 [/settings] 명령어를 입력하거나 메뉴로 선택하여 설정 창을 열어준 후 [Remix Mode]를 켜거나 끌 수 있다. 리믹스가 활성화되면 초록색으로 바뀐다.

먼저 다음과 같은 프롬프트를 작성하여 이미지를 생성한다. 생성된 이미지 그리드에서 리믹스할 버전을 선택한다. 여기에서는 [V2] 버튼을 선택해 본다. **필자는 5.1 버전으로 이미지를 생성하였다.**

『/imagine prompt: **yellow signs and owls ──v 5.1**』

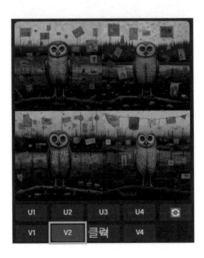

리믹스 프롬프트 창이 뜨면 프롬프트를 수정할 수 있다. 여기에서는 [yellow]를 ❶ [blue]로 수정한 후 ❷[**전송**]해 본다.

새로운 프롬프트에 의해 표지판이 파란색으로 바뀐 것을 알 수 있다. 이렇듯 생성
된 이미지는 버전별 프롬프트로 새로운 이미지를 생성할 수 있다.

리믹스 사용법 2 (업스케일링 이미지 리믹스 사용)

이번에는 업스케일을 통해 생성된 이미지를 리믹스해 본다. 앞서 생성한 이미지 그
리드에서 [U3] 버튼을 누른다.

업스케일된 3번 이미지에 대한 새로운 이미지가 생성되면 ❶[Make Variations] 버튼을 누른다. 리믹스 프롬프트 창이 열리면 적당한 프롬프트로 ❷[수정]한 후 ❸[전송]한다. 필자는 부엉이(owls)를 다람쥐(squirrel)로 변경하였다.

리믹스된 결과물을 보면 부엉이가 다람쥐로 변형된 것을 알 수 있다. 하지만 의도했던 것과는 다르게 우스꽝스러운 모습이다. 이런 문제를 해결하기 위해서는 더욱 구체적이고, 정확한 프롬프트가 필요하다.

살펴본 것처럼 리믹스는 생성된 이미지에 대한 변형을 간편하게 수행할 수 있다. 리믹스 작업이 끝났다면 리믹스 모드는 비활성화(끄기)하여 다음 작업에 영향을 받지 않도록 한다.

▶ 이미지 가중치 활용하기

이미지 프롬프트에서 이미지와 텍스트 명령 중에 어느 쪽 명령에 더 힘을 실어줄지에 대한 비율(중요도)을 가중치(Weight)라고 한다. 이번에는 웹사이트의 이미지를 활용하여 살펴본다. 구글이나 다음, 네이버 등에서 사용할 이미지 위에서 [우측 마우스 버튼] - [이미지 주소 복사]를 선택한다. **복사 금지 이미지는 주소를 복사할 수 없다.**

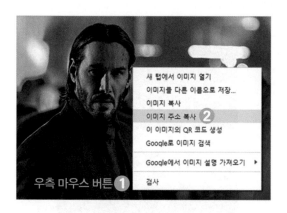

프롬프트에서 ❶[/imagine] 명령어를 적용한 후 앞서 복사된 이미지 주소를 ❷[붙여넣기(Ctrl+V)]한다.

계속해서 또다른 웹사이트 이미지를 ❶❷[복사]한 후 이미지 프롬프트에서 앞서 붙여넣기 된 뒤쪽에 **한 칸 띄어쓰기** 한 후 ❸[붙여넣기]한다.

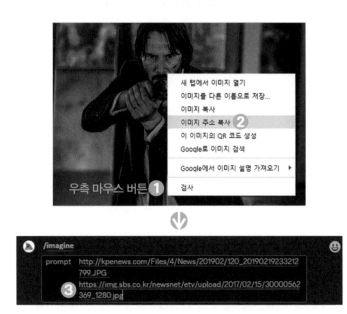

결과를 보면 두 이미지의 특징을 잘 살린 합성된 결과물이 생성되었다. 하지만 두 이미지 비율이 다르기 때문에 일정한 결과물은 아니다. **비율 부분을 일정하게 하기 위해서는 원본 이미지 비율이 같아야 한다.**

이번엔 텍스트 프롬프트를 넣어 다른 느낌으로 결합해 본다. 필자는 북극의 배경을 넣어보기로 했다. 프롬프트는 다음과 같다.

🔖 해당 프롬프트는 [학습자료] – [책 속 프롬프트 목록] 파일 참고

『/imagine prompt: http://kpenews.com/Files/4/News/201902/120_2019
0219233212799.JPG
https://img.sbs.co.kr/newsnet/etv/upload/2017/02/15/30000562369_1280.jpg
make it an arctic 』

위의 결과물은 다음의 그림처럼 북극 배경으로 영화 "존윅"의 키아누 리브스가 포즈를 잡은 모습이 생성되었다. 이렇듯 이미지 프롬프트를 통해 결합되는 결과물에도 다양한 텍스트 표현을 할 수 있다.

이미지 가중치가 1(1:1)일 때의 결과

이제 이미지 가중치에 대한 이해를 위해 방금 생성한 북극 배경의 비중을 줄여보기로 한다. 현재는 기본적으로 이미지와 텍스트의 가중치(중요도)는 1:1이다. 여기에서는 텍스트보다 이미지의 가중치를 높여주기 위해 [--iw 1.5]로 하였다.

『http://kpenews.com/Files/4/News/201902/120_20190219233212799.JPG
https://img.sbs.co.kr/newsnet/etv/upload/2017/02/15/30000562369_1280.jpg
make it an arctic —iw 1.5』

이미지 가중치를 [1.5]로 높인 후의 결과물을 보면 1:1을 사용했을 때 사용된 텍스트보다 이미지에 더욱 비중이 높아진 결과물이 생성된 것을 알 수 있다. 이렇듯 이미지 가중치는 텍스트와 이미지 프롬프트의 사용 비율을 설정할 때 사용된다.

가중치가 1.5일 때의 결과

☑ 이미지 가중치는 텍스트와 이미지 간의 비중을 설정하는 것이기 때문에 2개 이상의 다중 이미지를 사용할 경우에도 사용된 이미지는 모두 하나의 그룹으로 판단한다. 즉, 사용된 이미지를 개별로 가중치 값을 줄 수 없다는 것이다. 차기 버전에서는 사용된 이미지 간에도 가중치를 설정하게 되지 않을까 기대해 본다.

▶ 멀티 프롬프트 명령을 활용한 이미지 생성하기

프롬프트에 2개의 콜론[::]을 구분자로 사용하면 2개 이상의 단어(개체)를 별도의 개념으로 인식하여 프롬프트의 일부에 상대적인 중요성을 부여할 수 있다. 1~5.1 그리고 niji, niji 5 모든 버전에서 사용할 수 있다.

멀티 프롬프트 사용하기

프롬프트에 다음과 같이 컵과 밥, 2개의 의미를 가진 단어를 입력하여 이미지를 생성해 보면 사용된 두 단어를 조합하여 컵 속에 밥이 담긴 이미지가 생성된다.

『/imagine prompt: **cup rice** 』

하지만 첫 번째 단어 뒤쪽에 2개의 클론[::]을 입력한 후 다음 단어(한 칸 띄어쓰기)를 입력하여 이미지를 생성하면 사용된 두 단어는 독립된 형태의 개념으로 인식되어 컵과 밥의 그림이 개별로 생성된다.

『/imagine prompt: **cup:: rice** 』

계속해서 **3개의 클론**을 사용하여 이미지를 생성해 본다. 그러면 그림처럼 3개의 단

어가 각각 독립된 형태의 개념으로 인식되어 생성된다.

『/imagine prompt : **cup:: rice:: spoon** 』

멀티 프롬프트 가중치 설정하기

2개의 콜론[::]을 사용하여 프롬프트를 여러 개로 분리할 때 콜론 바로 뒤쪽에 숫자를 추가하여 해당 텍스트의 상대적 가중치(중요도)를 지정할 수 있다. 가중치는 최대 2까지 가능하며, 버전 1, 2, 3은 가중치를 정수만 사용이 가능하고, 버전 4부터는 소수점까지 가중치를 허용한다. 가중치를 부여하지 않으면 기본적으로 1(1:1)로 설정된 것을 의미한다.

　다음의 그림들은 컵, 밥, 스푼 3개의 프롬프트에 대한 가중치를 다양한 비율(배율)로 설정한 예이다. 그림과 가중치 값이 어떻게 설정되었는지 확인해 보면 멀티 프롬프트와 가중치에 대한 이해를 할 수 있을 것이다.

cup::2 rice::1 spoon::2

cup::1 rice::2 spoon::1

cup::20 rice::200 spoon::50

cup::100 rice::20 spoon::50

음수 가중치와 ──no 매개변수 사용하기

멀티 프롬프트 사용 시 원하지 않는 요소를 제거하기 위해 프롬프트에 음수(-) 가중치를 추가할 수 있으며, 때론 [--no] 매개변수를 사용하여 원치 않는 요소를 제거할 수 있다. [--no] 매개변수는 음수 [-1]과 동일하다.

cup::2 rice::-1 spoon::-1

cup::2 ——no rice::-1 spoon::1.5

☑️ 가중치에 음수(-)를 사용할 경우 사용된 모든 가중치의 합은 0 이상의 양수여야 한다. 예: -1:: 2:: -2일 경우에는 합이 -101기 때문에 사용할 수 없다.

🔵 이미지 가중치에 활용하기

순열 프롬프트를 사용하면 하나의 [/imagine] 명령으로 프롬프트의 변형을 빠르게 생성할 수 있다. 순열 프롬프트는 프롬프트에 **중괄호{ }**를 만들고, 중괄호 안에 다양한 요소(텍스트)를 입력한다. 이렇게 중괄호 안에 포함된 요소들은 여러 이미지 그리드로 생성된다. 순열 프롬프트는 텍스트, 이미지 프롬프트, 파라미터, 프롬프트 가중치를 포함할 수 있으며, 패스트(Fast) 모드에서만 사용할 수 있다.

• **기본 요금제** 하나의 순열 프롬프트로 최대 4개 작업 가능

• **표준 요금제** 하나의 순열 프롬프트로 최대 10개 작업 가능

• **프로 요금제** 하나의 순열 프롬프트로 최대 40개 작업 가능

순열 프롬프트를 사용하기 위해 필자는 [할로윈 데이 {빨강, 초록, 노랑} 호박]이라는 프롬프트를 작성해 보았다.

『/imagine prompt: halloween day {red, green, yellow} pumpkins』

방금 작성한 순열 프롬프트를 정말 실행할 것인지에 대한 대화상자가 열리면 [Yes] 버튼을 누른다. 그러면 작성된 3개의 순열 프롬프트가 동시에 생성된다.

☑ 순열 프롬프트가 삽입되는 위치는 순열 프롬프트로 사용될 텍스트 앞이어야 하며, 중괄호 안에 입력되는 텍스트들은 각각 쉼표(,)로 구분해야 한다. 또한 하나의 프롬프트에 여러 개의 순열 프롬프트를 사용할 수도 있으며, 한 번에 사용 가능한 개수는 구독 형식에 따라 다르기 때문에 자신의 구독 형식에 맞게 사용하면 된다.

순열 프롬프트로 생성된 3개의 그리드

이번엔 하나의 프롬프트에 ❶[색상과 버전], 2개 순열 프롬프트를 ❷[적용]해 보았다. 필자의 구독 형식은 기본 구독이기 때문에 중괄호 안에 각각 2개의 텍스트 요소를 입력하였다. 버전, 종횡비(비율) 등 모든 파라미터 사용할 수 있다.

『/imagine prompt: halloween day {red, yellow} pumpkins {--v 5.1, --niji}』

순열 프롬프트에서 멀티 프롬프트 사용하기

순열 프롬프트 안에서도 멀티 프롬프트를 사용하여 이미지 가중치를 개별로 설정할 수 있다. 살펴보기 위해 다음과 같은 프롬프트를 작성해 본다.

『/imagine prompt: digital art style of {moonlight::2, moonlight::0.1} moon beam::1 』

Moonlight::2   Moonlight::0.1

이번에는 같은 프롬프트에서 순열 프롬프트를 하나 삭제하고, 마지막에 사용한 [moon beam]의 멀티 프롬프트를 2와 50으로 각각 높여서 이미지를 생성해 본다.

『/imagine prompt: digital art style of {moonlight::2} moon beam::2 』 moon beam::2

moon beam::50

살펴본 것처럼 순열 프롬프트와 멀티 프롬프트를 사용하면 더욱 다양한 결과의 이미지를 생성할 수 있다. 이 두 작업법은 여러 번 반복했을 때 더욱 확실하게 원하는 결과물을 얻을 수 있다.

미드저니를 사용하면 웹사이트, 유튜브나 페이스북 등의 채널 아트 배경 이미지나 표지에 사용되는 이미지 그밖에 책 표지, 광고 디자인 소스, 로고, 각종 상품 이미지를 생성할 수 있다. 여기에서는 유튜브 채널 아트 배경과 책 표지에 사용할 이미지를 만들어 본다.

해당 프롬프트는 [학습자료] – [책 속 프롬프트 목록] 파일 참고

▶ 유튜브 채널 아트 만들기

유튜브를 보는 것에서 직접 하는 것으로 바뀌는 요즘이다. 디자인에 취약한 분들에게 미드저니는 최고의 조력자이다. 앞서 살펴본 내용을 참고하여 유튜브 상단의 채널 아트 이미지를 만들기 위해 다음과 같은 프롬프트를 작성한다. 필자는 햄버거 관련 유튜브 채널에서 사용할 채널 아트를 만들 것이다.

『노란색 배경에 각종 야채가 푸짐하게 들어간 맛깔스러운 햄버거 4~5개가 담긴 웹사이트 』

> **Website with four or five tasty burgers with plenty of assorted vegetables on a yellow background**

위 영문은 구글 번역기를 통해 번역한 내용이다. 물론 챗GPT를 통해 번역을 해도 상관없다. 계속해서 번역된 영문 뒤쪽에 이미지의 **유튜브 채널 아트 목적**이라는 것을 알려주기 위해 youtube channel art, 이미지 비율 설정을 위해 --ar 16:9, 미드저니 버전은 5.1로 사용하기 위해 --v 5.1, 마지막으로 품질은 --q 3 정도로 입력하여 이미지 생성을 요청한다.

『/imagine prompt: website with four or five tasty burgers with plenty of assorted vegetables on a yellow background, youtube channel art, —ar 16:9 —v 5.1 —q 3』

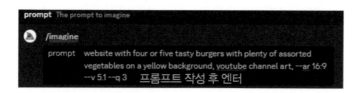

프롬프트 결과 미드저니는 다음과 같은 그림을 선사하였다. 필자가 생각한 것과는 조금 차이는 있지만 제법 그럴싸한 결과물이다. 만약 새로운 이미지를 원한다면 프롬프트를 재작성하여 자신이 생각했던 것과 일치되도록 한다. **삽입된 글자를 없애기 위해서는 —no text 또는 —no typography 또는 —no banner 등을 넣으면 된다.**

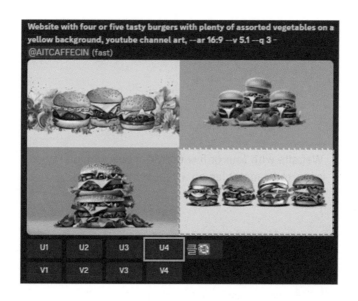

마음에 드는 그림이 생성됐다면 해당 그림을 업스케일링한다. 필자가 선택한 그림은 네 번째 그림으로 [U4] 버튼을 눌러 업스케일하였다. 업스케일 된 그림의 업데이트가 끝나면 해당 이미지를 사용하기 위해 하단의 [Web] 버튼을 눌러 미드저니 웹

사이트를 열어준다. 만약 로그인이 필요하다면 앞서 생성한 계정으로 로그인한다.

자신의 계정으로 들어오면 지금까지 작업한 그림을 확인 및 다운로드할 수 있다. 다운로드하기 위해 디스켓 모양의 [Save with prompt] 버튼을 누른다. **저장된 이미지는 포토샵이나 김프(무료), 픽슬러(무료) 같은 이미지 편집 프로그램을 통해 작업한다.**

📖 책 표지 만들기

미드저니를 사용하면 책 표지나 정보지, 브로슈어 같은 출간물 이미지도 쉽게 만들 수 있다. 이번엔 음악 관련 표지를 만들어 본다. 원하는 표지 컨셉트 문구를 영문으로 작성하기 위해 챗GPT를 활용해 본다. 다음은 챗GPT 프롬프트에 입력한 미드저니용 프롬프트 요청 텍스트이다.

『바이올린, 피아노, 첼로, 기타, 트럼펫 등의 그림이 들어간 고급스럽고, 세련된 느낌의 책 배경 이미지 프롬프트 작성해줘 』

챗GPT의 결과, 미드저니에 대한 이미지 프롬프트를 다양하게 생성한 것을 알 수 있다. 이처럼 미드저니와 챗GPT를 사용하면 자신이 상상하는 것 이상의 이미지를 생성할 수 있으므로 다양한 분야에 활용할 수 있다.

☑ AIPRM For ChatGPT 챗GPT에서 미드저니, 스테이블 디퓨전 같은 생성형 AI의 텍스트 프롬프트를 작성해 주는 확장 프로그램이다. 자세한 내용은 [학습자료] 폴더의 [AIPRM For ChatGPT] PDF 파일을 참고한다.

다음의 두 표지는 실제로 출간된 표지에 사용된 이미지이다. 이렇듯 미드저니는 실무적으로 사용하는데 충분한 가치가 있다는 것을 알 수 있다.

『dead fish, tears of children, environmental destruction, polluted seas』

『white background, image of headphones with blue and orange, cover design, image with artistic feeling, 8k 』

『a collection of cute cliparts showing artificial intelligences painting with a brush, presented on a white background 』

팁 & 노트

미드저니 사용자 정보 확인하기 (남은 사용 횟수 확인하기)

인포(info) 명령어를 사용하면 미드저니 사용자 정보를 확인할 수 있다. 인포 명령어는 [/info] 프롬프트로 실행할 수 있다. 다음은 인포 창에서 제공되는 옵션들이다.

- **Subscription** 현재 구독하고 있는 현황을 보여준다. (월간/연간 회원 여부, 구독 만료일)

- **Job Mode** 현재 사용되고 있는 실행 모드이다. (패스트 또는 릴랙스)

- **Visibility Mode** 공개 모드를 보여준다. 결과물 공개 모드 중 Public(퍼블릭)은 공개 모드, Stealth(스텔스)는 숨김 모드이다. 스텔스 모드는 프로 플랜 사용자만 이용 가능하다.

- **Fast Time Remaining** 패스트 모드의 남은 시간 정보를 보여준다.

- **Lifetime Usage** 지금까지 생성한 이미지 개수를 보여준다.

- **Relaxed Usage** 릴랙스 모드에서 생성한 이미지 개수를 보여준다.

- **Running Jobs** 진행 중인 이미지 생성 작업이다.

🔰 유튜브 썸네일 만들기

이번에는 유튜브 썸네일을 만들어 본다. 아이디어를 얻기 위해 이번에도 챗GPT를 활용해 보기로 한다. 다음은 챗GPT에서 작성한 프롬프트이다.

『다음에서 설명하는 내용을 미드저니 이미지 프롬프트로 만들어줘. 태국 여행에 관련된 유튜브 썸네일 만들기, 재밌는 캐릭터 생성하기, 썸네일 비율도 정확하게 맞춰주기』

때에 따라서는 CSS 코드가 아닌 일반적인 형태로 미드저니 프롬프트를 생성할 때도 있다. 하지만 사용하는 데에는 문제가 없기 때문에 복사하여 사용하면 된다. 다음은 챗GPT에서 생성된 프롬프트 뒤쪽에 [--ar 16:9] 비율을 붙여서 작성한 결과이다.

🔰 패션 디자인 아이템 만들기

미드저니는 상상하는 모든 이미지를 창의적으로 생성한다. 이번에는 패션 분야에서 사용할 수 있는 프롬프트를 작성해 본다. 챗GPT를 활용하여 [올가을에 적합한 여성용 프렌치 코트 디자인 아이디어, 차분한 색상, 넓은 소매, 허리 부분 강조하기, 위 내용으로 미드저니 이미지 프롬프트 작성해 줴라는 요청을 하였다.

『/imagine prompt: an elegant and sophisticated design of a women's French coat ideal for the upcoming fall season, with subdued colors, wide sleeves, and emphasis on the waistline 』

다음은 같은 방법으로 여성용 핸드백에 대한 디자인 콘셉트를 작성한 결과이다. 이렇듯 미드저니는 패션 분야에서도 다양하게 활용할 수 있다.

▶ 광고 이미지 만들기

미드저니에서 최상의 결과는 자신이 상상하는 것을 얼마나 정확하고 디테일하게 설명하느냐에 달렸다. 이것은 결코 쉽지 않은 작업이지만, 챗GPT를 활용하면 생각보다 쉽게 문제를 해결할 수 있다. 이번에는 전동 청소기에 대한 광고 이미지 제작을 하기 위해 다음과 같이 챗GPT에 요청하였다. **[신개념의 전동 청소기 광고 이미지, 여성이 좋아하는 디자인, 색상, 조용하지만 강력한 흡입력, 위와 같은 주제로 미드저니 프롬프트 작성해 줘]**에 대한 결과는 다음과 같다.

『/imagine prompt: a cutting-edge electric vacuum cleaner ad in a design and color that appeals to women, emphasizing quiet operation with powerful suction 』

원하는 결과를 얻었나? 개인적으로 전동 청소기는 제법 마음에 들었지만, 금발의 서양 여성은 상상하지 못한 것이어서 미드저니 프롬프트의 [women]에 [korea]을 추가하여 새로운 결과물을 생성하였다.

『/imagine prompt: a cutting-edge electric vacuum cleaner ad in a design and color that appeals to **korea women,** emphasizing quiet operation with powerful suction 』

대기업 TV 광고도 이젠 생성형 AI로 제작하는 시대

요즘 TV에서 볼 수 있는 광고 중에 대기업(삼성생명) 광고 하나가 눈에 띈다. 다음의 이미지들은 TV를 보는 사람이라면 한 번쯤 보았을 만한 광고이다.

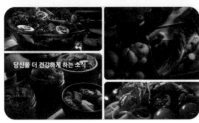

미드저니 프롬프트 금기어에 대하여

미드저니에서는 금기어 목록이 존재한다. 이 목록에 있는 키워드를 사용하여 생성된 이미지는 본래의 목적과는 무관하게 유해한 콘텐츠를 생성할 수 있기 때문이다. 물론 금기어로 인해 창작물에 대한 자유권을 빼앗기도 하지만, 사회적 물의를 일으킬 수 있는 창작물을 사전에 방지한다는 목적도 있다. 버전 5.2에서는 이전 버전보다 금기어가 많이 풀렸지만, 창작권에 대한 자유를 보장받기 위해서는 사용자들의 더욱 성숙한 의식이 필요하다.

- **출혈 및 고어(혐오) 관련 단어** 대학살(bloodbath), 십자가형(crucifixion), 시체(corpse), 내장(visceral), 살인(kill), 생체 해부(vivisection), 헤모글로빈(hemoglobin), suicide(자살), 여성 신체 부위(female body parts) 등과 같은 출혈, 폭력, 사지 절단 등과 같은 단어를 금지한다.

- **성인물(Sex) 관련 단어** 아헤가오(ahegao: 야한 여성), 핀업(pinup), 쾌락(pleasure), 성적인 유혹(seducing), 관능적인(sensual), 슬레이브걸(slavegirl), 풍만한(voluptuous), 흥분(horny) 등과 같은 성적인 것을 유발하는 등의 단어를 금지한다.

- **신체 관련 단어** 엉덩이(arse), 유방(mammaries), 젖꼭지(nipple), 난소(ovaries), 음경(penis), 섹시한 여자(sexy female), 여성 성기(vagina), 후터스(hooters), 베니(veiny) 등과 같은 신체를 성적으로 표현하는 단어를 금지한다.

- **의류, 금기, 약품 관련 단어** 옷 없음(no clothes), 스피도(speedo), 벌거벗은(nude), 간소하게(scantily), 보이지 않는 옷(invisible clothes), 네글리제(negligee), 금기(taboo), 파시스트(fascist), 나치(nazi), 마약(drugs), 헤로인(heroin), 그랙(crack) 등과 같은 성적인 요소와 정치, 종교 관련 금기어, 마약과 같은 단어를 금지한다.

▶ 동화책 삽화 만들기

이번엔 동화책에 들어갈 삽화를 만들기 위해 챗GPT에서 [**다리가 짧아지고 코가 길어진 기린과 코가 짧아지고 목이 길어진 코끼리의 모습을 보며, 서로가 바뀌었다는**

사실을 알았다. 위 내용을 동화 속 그림에서 사용할 미드저니 이미지 프롬프트로 작성해 줘]라고 프롬프트를 작성하였다.

『/imagine prompt: a children's book illustration of an elephant with a short trunk and a long neck, resembling a giraffe, and a giraffe with a long trunk and short legs, resembling an elephant, realizing that they have switched their appearances 』

🔰 기업 로고 만들기

미드저니는 기업의 로고를 디자인할 때에도 매우 유용하다. 이번에는 챗GPT를 활용하여 로고 스타일을 미드저니의 프롬프트로 작성하여 로고를 만들어 본다. 필자는 AIPMR 확장 프로그램을 통해 다음과 같은 프롬프트를 작성하였다.

『 여성 속옷 관련 업체의 로고 디자인에 관한 미드저니 프롬프트를 다음의 내용을 참고하여 영문으로 작성해 줘
-기업 이름: 브라다(Brada)
-20~40대 여성 속옷
-프랑스 스타일 로고
-깔끔하고 파스텔 톤의 색상
-간결한 모양 』

다음은 챗GPT의 AIPRM 확장 프로그램이 작성한 로고 디자인에 대한 아이디어이다. 이 프롬프트를 활용하여 미드저니에서 이미지를 생성해 본다.

『/imagine prompt: A chic logo for Brada, a women's lingerie company, tailored to 20–40 age group with a French style, utilizing pastel tones and a clean, simple shape, Set against a white, sophisticated boutique background with delicate lighting, Evoking elegance, refinement, and a touch of femininity, Photography, DSLR camera with a 50mm lens, aperture f/1.8, —ar 1:1 』

위 프롬프트를 통해 완성된 로고의 모습은 다음과 같다. 필자가 생각했던 것보다 괜찮은 결과이다. 물론 약간의 변형 작업이 필요할 수도 있고, 포토샵 같은 이미지 편집 프로그램을 통해 배경을 빼거나 그밖의 편집이 필요하다.

》 일관된 캐릭터 만들기

다양한 포즈와 표정(multiple poses and expressions) 프롬프트를 사용하면 만화(웹툰) 캐릭터, 팬시, 굿즈 등의 작업에서 많이 사용되는 귀여운 캐릭터들의 포즈와 표정을 일관되도록 할 수 있으며, 한꺼번에 여러 장의 결과물을 얻을 수 있다. 다음의 프롬프트를 작성하면 그림처럼 여러 가지 일관된 캐릭터를 생성할 수 있다.

『 /imagine prompt: a middle-aged man with graying crew cut hairstyle in casual clothes, career is an intergalactic weapons and contraband smuggler, weathered gruff look, holstered blaster pistol attached to belt, eight different angles and poses, in the style of cel shaded comic book, character sheet, white background 』

🔰 클립아트 만들기

미드저니에서는 홈페이지 제작, 도서, 간판 디자인 등에서 많이 사용되는 클립아트도 간편하게 만들어 사용할 수 있다. 화살표, 직업, 행사, 도구 등 클립아트의 종류는 매우 다양하다. 여기에서는 직업에 대한 클립아트를 생성해 본다. 다음은 무작위로 100가지 직업에 대한 클립아트를 일러스트 스타일로 생성하기 위한 프롬프트이다.

『/imagine prompt: 100 random occupation clipart, 2D illustration style』

생성된 결과를 보면 100가지 직업이 재밌고, 귀엽게 표현된 것을 알 수 있다. 그밖에 클립아트를 생성하여 실무에 활용해 본다.

살펴본 것처럼 미드저니는 다양한 분야에서 활용 가능한 도구로써 유튜브 관련 디자인, 패션 디자인 아이디어, 광고 이미지, 건축 및 인테리어, 삽화, 로고, 캐릭터 등에서 사용할 수 있다. 이처럼 미드저니의 사용 범위는 광범위하고, 독특한 아이디어가 필요한 모든 디자인 관련 작업에서 유용하게 활용될 수 있다.

새로 추가된 인페인트(베리 리전)를 활용한 특정 영역 수정하기

미드저니의 업데이트 속도는 따라가기 어려울 정도이다. 5.2 버전에 대한 책을 집필하면서 마지막으로 소개할 내용은 스테이블 디퓨전에서 유용하게 사용되는 인페인트와 같은 베리(리전)(Vary(Region))이다. 특정 이미지를 업스케일하면 나타나는 Vary(Region)은 수정하고자 하는 영역을 지정한 후 프롬프트를 작성하면 프롬프트 명령대로 이미지를 재생성할 수 있다.

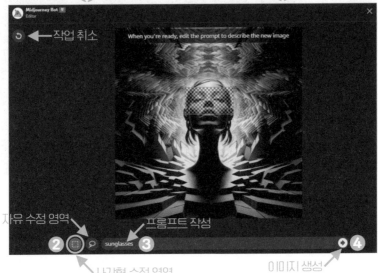

작업 취소

자유 수정 영역

사각형 수정 영역

프롬프트 작성

이미지 생성

미드저니나 스테이블 디퓨전과 같은 이미지 생성 AI를 활용하면 다양한 직업군의 모델을 생성할 수 있다. 이와 같은 방법을 활용하면 앞으로 고가의 전문 모델 없이도 저가 또는 아무 비용도 들지 않는 전속 모델을 채용할 수 있다. 예들 들어, 스포츠 센터를 운영한다고 가정하여 [스포츠 센터 한국 여자 전속 모델]을 위한 프롬프트를 다음과 같이 작성해 보면 아주 멋진 결과물을 얻을 수 있다.

『/imagine prompt: A sports center's Korean female exclusive model lifting weights, surrounded by state-of-the-art gym equipment with LED screens, focus on the model's toned muscles and fashionable sportswear, Photography, shot with a Canon EOS 5D Mark IV and a 85mm lens at f/2.8, —ar 16:9』

계속해서 이번에는 [피부과 병원의 미소가 이쁜 간호사]로 프롬프트를 작성하여 간호사 전속 모델을 채용해 보면 다음과 같이 보기만 해도 미소가 절로 지어지는 이미지가 생성되었다.

『/imagine prompt: A dermatology clinic's Korean nurse with a beautiful smile handing a patient a skincare pamphlet, set in a modern, clean clinic room with ambient lighting, focus on the nurse's radiant smile and caring eyes, Photography, shot with a Canon EOS R5 and a 50mm lens at f/1.8, —ar 16:9』

이번에는 야구장 치어리더에 대한 프롬프트를 작성하여 다음과 같은 이미지를 생성해 본다. 이번 경과물은 배경을 빼기 위해 [검정색 배경]이라는 키워드를 추가하였다.

『/imagine prompt: A beautiful Korean pro baseball cheerleader dancing in a short skirt against a black background, focus on her graceful dance moves and stunning face, solid black background with dynamic lighting highlighting her, capturing the cheerleader's energy and elegance, Photography, shot with a Canon EOS R5 and an 85mm lens at f/1.8, —ar 16:9』

살펴본 것처럼 미드저니와 같은 이미지 생성 AI를 활용하면 시간과 비용을 거의 쓰지 않고 만족스러운 전속 모델을 채용할 수 있다.

006. 배경 투명하게 만들기

이미지의 배경을 투명하게 처리(빼기)하기 위해서는 포토샵, 김프, 픽슬러와 같은 이미지 편집 툴이 필요하다. 여기에서는 무료 이미지 편집 툴인 픽슬러를 활용하여 배경을 투명하게 빼는 방법에 대해 알아본다. 구글 검색기에서 ❶[픽슬러]를 입력하여 검색해 보면 여러 가지 버전의 픽슬러(Pixlr)가 검색된다. 이중에서 맨 위쪽 ❷ [온라인 사진 에디터 - Pixler.com]을 선택한다.

픽슬러 웹사이트 메인 페이지가 열리면 Jump right in에서 [배경 제거] 썸네일을 선택한다. 그밖에 오브젝트 지우기, 콜라주 만들기, 자르기 등을 사용할 수 있다.

Remove BG 작업 창이 열리면 ❶[+] 사진 선택 버튼을 클릭한다. 열기 창이 열리면 [학습자료] 폴더에서 ❷[캐릭터 01] 파일을 가져온다.

그러면 그림처럼 방금 가져온 이미지의 하얀색 배경이 투명(검정색)하게 처리된 것을 알 수 있다. 이제 이 투명한 배경의 이미지를 저장하기 위해 해당 이미지 위에 마우스 포인터를 갖다 놓으면 나타나는 **[구하다]** 버튼을 눌러 PNG 파일로 저장한다.

☑ 깨끗한 배경을 원한다면 배경이 단일 색상이어야 하고, 개체의 색상은 배경과 달라
야 한다. 그러므로 미드저니나 스테이블 디퓨전에서 이미지를 생성할 때 배경을 개
체와 다른 색상으로 해주어야 한다. 일반적으로 하얀색이나 검정색을 사용한다.

PART 02

고수들이 사용하는
미드저니 프롬프트

007. 예술과 기법에 대한 프롬프트

미드저니(MJ)와 스테이블 디퓨전(SD)을 사용하는데, 가장 중요한 프롬프트는 입력된 내용(명령어)에 따라 때론 기대 이상과 기대 이하의 결과물이 생성된다. 그만큼 프롬프트에서의 표현 그리고 사용된 단어가 중요한 것이다. 여기에서는 MJ와 SD에서 즐겨 사용되는 프롬프트 어휘를 정리해 보았다. 정리된 목록을 통해 자신이 원하는 최고의 결과물을 생성해 보기 바란다.

예술적 어휘로 표현하는 프롬프트 리스트

미드저니는 다양한 예술적 어휘를 입력하여 미술, 인물, 미니멀리즘, 팝 아트, 풍경 등의 이미지를 생성할 수 있다.

추상 미술

Vibrant colors (생생한 색상)

Geometric shapes (기하학적 모양)

Abstract patterns (추상적인 패턴)

Movement and flow (움직임과 흐름)

Texture and layers (질감과 레이어)

초현실주의 예술

Dreamlike (꿈 같은)

Surreal landscapes (초현실적인 풍경)

Mystical creatures (신비한 생물)

Twisted reality (뒤틀린 현실)

Surreal still life (초현실적인 정물)

풍경 사진

Majestic mountains (장엄한 산)

Lush forests (울창한 숲)

Glittering lakes (사막의 모래 언덕)

Desert dunes (반짝이는 호수)

Golden sunsets (황금빛 노을)

인물 사진

Emotive eyes (감동적인 눈빛)

Intense gazes (강렬한 눈빛)

Contemplative mood (사색적인 분위기)

Expressive gestures (표현적인 제스처)

Stylized poses (스타일리시한 포즈)

미니멀리즘

Simplicity (단순함)

Clean lines (깔끔한 선)

Minimal colors (최소한의 색상)

Negative space (네거티브 공간)

Minimal still life (최소한의 정물)

인상주의

Blurry brushstrokes (흐릿한 붓놀림)

Painted light (채색된 빛)

Impressionistic landscapes (인상주의적 풍경화)

Pastel colors (파스텔 색상)

Impressionistic portraits (인상주의적 초상화)

리얼리즘

Hyper-realistic textures (초현실적인 질감)

Precise details (정확한 디테일)

Realistic still life (사실적인 정물)

Realistic portraits (사실적인 인물 사진)

Realistic landscapes (사실적인 풍경)

팝 아트

Bold colors (대담한 색상)

Stylized portraits (스타일화된 초상화)

Famous faces (유명한 얼굴)

Pop art still life (팝 아트 정물)

Pop art landscapes (팝 아트 풍경)

거리 사진

Candid moments (솔직한 순간)

Urban landscapes (도시 풍경)

Street life (거리 생활)

Stories in motion (움직이는 이야기)

Street portraits (거리 인물 사진)

야간 사진

Lit cityscapes (빛이 비치는 도시 풍경)

Starry skies (별이 빛나는 하늘)

Moonlit landscapes (달빛이 비치는 풍경)

Night time portraits (야간 인물 사진)

Long exposures (장시간 노출)

와이드 렌즈

Expansive landscapes (광활한 풍경)

Sweeping cityscapes (광활한 도시 풍경)

Architectural details (건축 세부 사항)

Wide-angle portraits (광각 인물 사진)

Including more of the scene (더 많은 장면 포함한 망원 렌즈)

Zoomed in portraits (확대된 인물 사진)

Isolated subjects (고립된 피사체)

Compressed landscapes (압축된 풍경)

Long-distance shots (장거리 촬영)

Bokeh background (보케 배경)

미드저니 프롬프트에 입력된 문장은 자신이 원하는 이미지를 생성하는데 결정적 역할을 한다. 그러므로 풍부한 어휘와 문장을 표현할 수 있는 능력을 키워야 한다. 여기에서 소개된 프롬프트를 통해 자신이 원하는 완전한 이미지를 생성할 수 있도록 활용해 본다.

▶ 기본적인 이미지 프롬프트

이미지 프롬프트는 이미지를 생성하도록 지시하는 짧은 텍스트 또는 문장이다. 이 프롬프트는 미드저니와 같은 생성형 AI에게 어떤 주제, 스타일, 색상, 구성 등을 사용하여 이미지를 생성할 것인지에 대한 지침을 제공한다.

마이크로 소프트 A quirky stop-motion animation of a Post-it note character, exploring the insides of a computer and discovering the Microsoft Windows logo

컴퓨터 내부를 탐색하고 Microsoft Windows 로고를 발견하는 Post-it 메모 캐릭터의 기발한 스톱 모션 애니메이션 (MJ V5.2)

스타벅스 A stylized illustration of a unicorn sipping a Starbucks latte

스타벅스 라떼를 홀짝이는 유니콘의 양식화된 삽화 (Niji 5)

검드랍 만리장성 An impressionist photo of a sunset over the Great Wall of China made of gumdrops

검드랍(Gumdrops)로 만든 중국의 만리장성 일몰의 인상파 이미지 (MJ V5.2)

레고와 페라리 An abstract photo of a red Ferrari car driving through asea of Legos

레고 바다를 달리는 빨간 페라리 자동차의 추상 이미지 (MJ V5.2)

잭 커비 만화 A stylized cartoonish action scene in the style of Jack Kirby

잭 커비(Jack Kirby) 스타일의 양식화되고 만화 같은 액션 장면 (MJ V4)

짐 헨슨의 생물 A whimsical, fantastical creature in the style of Jim Henson

짐 헨슨(Jim Henson) 스타일의 기발하고 환상적인 생물

로저 딘의 풍경 A fantastical otherworldly landscape in the style of Roger Dean

로저 딘(Roger Dean) 스타일의 환상적이고 비현실적인 풍경 (MJ V5.2)

젤리 빈 문어 A digital art piece of a giant octopus made of jelly beans, attacking a city skyline

도시 스카이라인을 공격하는 젤리 빈으로 만든 거대한 문어의 디지털 예술 작품 (MJ V5.2)

쥘 베른의 비행선 A steampunk airship in the style of Jules Verne

쥘 베른(Jules Verne) 스타일의 스팀펑크 비행선 (MJ V5.2)

장 미쉘 바스키아의 도시 A chaotic, punk-style cityscape in the style of Jean-Michel Basquiat

장 미쉘 바스키아(Jean-Michel Basquiat) 스타일의 혼란스럽고 펑크 스타일의 도시 풍경 (MJ V5.2)

빅터 모스코소의 패턴 A mesmerizing, hypnotic pattern in the style of Victor Moscoso

빅터 모스코소(Victor Moscoso) 스타일의 매혹적인 최면 패턴 (MJ V4)

조지아 오키프의 찻잔 A giant tea cup overflowing with flowers, in the style of Georgia O'Keeffe

조지아 오키프(Georgia O'Keeffe) 스타일의 거대한 꽃 무늬 찻잔 (MJ V5)

파블로 피카소의 곤충 정원 A garden filled with giant, colorful insects, in the style of Pablo Picasso

파블로 피카소(Pablo Picasso) 스타일의 거대하고 다채로운 곤충으로 가득한 정원 (MJ V4)

신디 셔먼의 고양이 자상화 A close-up of a cat's face, in the style of Cindy Sherman's self-portraits, but instead of human faces, it's a cat's face with different expressions, emotions, and props like a top hat sunglasses, or a bow tie

신디 셔먼(Cindy Sherman)의 자화상 스타일의 고양이 얼굴 클로즈업이지만 사람의 얼굴 대신 모자, 선글라스, 넥타이 등을 착용한 다양한 표정과 감정 소품이 있는 고양이 얼굴 (MJ V5.2)

메리 포핀스의 도시 A bustling city street with iconic red double-decker buses, in the style of Mary Poppins

메리 포핀스(Mary Poppins) 스타일의 상징적인 빨간색 이층 버스가 있는 번화한 도시 거리 (MJ V5.2)

데이비드 호크니의 IT A digital collage of iconic tech gadgets, such as the iPhone, MacBook, and Amazon Echo, in the style of David Hockney

데이비드 호크니(David Hockney) 스타일의 iPhone, MacBook, Amazon Echo와 같은 상징적인 기술 장치의 디지털 콜라주 (MJ V5.1)

가스 윌리엄스의 직업 A whimsical illustration of a dog dressed as various professions, such as a chef, a fireman, and a doctor, in the style of Garth Williams

가스 윌리엄스(Garth Williams) 스타일로 강아지를 다양한 직업으로 표현한 일러스트 (MJ V5.2)

케이트 그린어웨이의 정원 A whimsical illustration of a garden filled with talking animals, magical creatures, and fantastical flowers, in the style of Kate Greenaway

케이트 그린어웨이(Kate Greenaway)의 스타일로 말하는 동물, 마법 생물, 환상적인 꽃으로 가득 찬 정원의 기발한 삽화 (MJ V4)

앙리 마티스의 발레리나 A ballerina in a tutu dancing with a giant octopus in the style of Henri Matisse

앙리 마티스(Henri Matisse) 스타일의 거대한 문어와 함께 춤을 추는 투투를 입은 발레리나 (MJ V5.2)

쿠사마 야요이의 플라밍고 A flamingo playing ping pong with a flamingo feather, in the style of Yayoi Kusama

쿠사마 야요이(Yayoi Kusama) 스타일의 플라밍고 깃털로 탁구를 치는 플라밍고 (MJ V5.2)

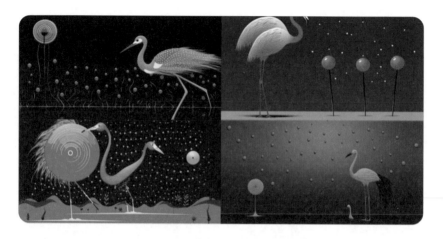

마르크 샤갈의 광대 in the style of Marc Chagall A clown playing piano on top of a carousel horse

마르크 샤갈(Marc Chagall) 스타일의 회전 목마 위에서 피아노를 연주하는 광대 (MJ V5.2)

▶ 상품(제품)을 장면화한 프롬프트

특정 작가 스타일로 다양한 광고 느낌의 장면을 표현할 수 있다. 원하는 작가의 정보를 정확하게 파악하고 있다면 보다 섬세한 결과물을 얻을 수 있다.

살바도르 달리의 수중 아이폰 A surreal underwater world in the style of Salvador Dali, where all the sea creatures are actually different tech gadgets like iPhones, laptops, and smartwatches, floating amongst the seaweed and coral

살바도르 달리(Salvador Dali) 스타일의 초현실적인 수중 세계. 모든 바다 생물은 실제로 iPhone, 노트북, 스마트 워치와 같은 다른 기술 장치이며, 해초와 산호 사이에 떠 있는 장면 (MJ V5.1)

에드워드 고리의 무서운 스낵 A spooky graveyard in the style of Edward Gorey, where all the tombstones and monuments are made of different popular cookies like Oreos, Chips Ahoy, and Nutter Butters, and all the ghosts are dressed as characters from The Addams Family

에드워드 고리(Edward Gorey) 스타일의 으스스한 묘지. 모든 묘비와 기념물은 오레오, 칩스 아호이,누터 버터 등의 다양한 쿠키로 만들어졌으며, 모든 유령은 아담스 패밀리 캐릭터로 분장 (MJ V5.2)

존 윌리엄 워터하우스의 시리얼 성 A fantastical castle in the style of John William Waterhouse, where all the knights and princesses are dressed as characters from different Disney movies, and all the castle walls and towers are made of different popular breakfast cereals like Lucky Charms, Froot Loops, and Cocoa Puffs

존 윌리엄 워터하우스(John William Waterhouse) 스타일의 환상적인 성으로, 모든 기사와 공주들은 각기 다른 디즈니 영화의 등장 인물처럼 옷을 입고, 모든 성벽과 탑은 럭키 참스, 프루트 루프, 그리고 코코아 퍼프와 같은 서로 다른 인기 있는 아침 시리얼로 만들어진 장면 (MJ V5.2)

🔊 역사에 관한 프롬프트 (그림)

각 나라의 역사적 사건과 사물을 특정 화풍으로 표현할 수도 있다. 여기에서 가장 중요한 것은 역사적 정보를 정확하게 설명해야 한다는 것이다.

로마의 콜로세움 서기 80년 수채화 The Colosseum in Rome, AD 80-An overhead view of the Colosseum in its prime, packed with thousands of spectators cheering on gladiators and wild animals in the arena. In the style of David Roberts' 19th-century watercolor paintings

경기장에서 검투사와 야생 동물을 응원하는 수천 명의 관중으로 가득 찬 전성기의 콜로세움의 오버헤드 뷰 데이비드 로버츠의 19세기 수채화 스타일 (MJ V5.2)

알리 루소의 서기 500년 실크로드 The Silk Road, 500 AD - A bustling market scene along the Silk Road, with merchants and travelers haggling over spices, textiles, and exotic goods. In the style of Henri Rousseau's jungle scenes

실크로드를 따라 번화한 시장 풍경으로 상인과 여행자들이 향신료, 직물 이국적인 상품을 놓고 흥정을 벌이는 앙리 루소의 정글 장면 스타일 (MJ V4)

피터 폴 루벤스의 1415년 아쟁쿠르 전투 The Battle of Agincourt, 1415-A bird's eye view of the Battle of Agincourt, with English and French soldiers clashing on the battlefield and arrows raining down from the sky. In the style of Peter Paul Rubens Baroque battle scenes

1415년의 아쟁쿠르 전투, 영국군과 프랑스군이 전장에서 충돌하고 하늘에서 화살이 쏟아지는 아쟁쿠르 전투를 조감도 표현한 피터 폴 루벤스(Peter Paul Rubens) 스타일의 전투 장면 (MJ V5.2)

파블로 피카소의 파르테논 신전 기원전 447년 The Parthenon in Athens 447 BC- An aerial view of the Parthenon, with the columns, pediments, and sculptures set against a bright blue sky and the Acropolis in the background. In the style of Pablo Picasso's Cubist still-lifes

밝은 푸른 하늘과 아크로폴리스를 배경으로 세워진 기둥 페디먼트 및 조각품이 있는 파르테논의 조감도 파블로 피카소의 입체파 정물화 스타일 (MJ V5.2)

에드워드 마이브리지의 피사의 사탑 1173년 The Leaning Tower of Pisa, 1173- An angled shot of the Leaning Tower of Pisa, with tourists and pigeons gathering at its base and the surrounding buildings of the city in the background. In the style of Eadweard Muybridge's stop-motion photographs

피사의 사탑을 비스듬히 촬영한 사진으로 관광객과 비둘기가 피사의 사탑을 배경으로 주변 건물을 배경으로 모이고 있습니다. 에드워드 마이브리지의 스톱 모션 사진 스타일 (MJ V5.2)

🔊 역사에 관한 프롬프트 (사진)

각 나라의 역사적 사건과 사물을 사진으로 표현할 수도 있다. 여기에서 가장 중요한 것은 역사적 정보를 정확하게 설명해야 한다는 것이다.

마하트마 간디의 시위 1948년 A black and white photo of Mahatma Gandhi leading a peaceful protest march in India, 1948

1948년 인도에서 평화 시위 행진을 이끄는 마하트마 간디의 흑백 사진 (MJ V5.2)

클레오파트라의 폴라로이드 the last Pharaoh of Ancient Egypt, sitting on her throne in A polaroid photo of Cleopatra VII , Alexandria 51 BC

기원전 51년 알렉산드리아에서 그녀의 왕좌에 앉아 있는 고대 이집트의 마지막 파라오인 클레오파트라 7세의 폴라로이드 사진 (MJ V5.2)

책과 문학에 관한 프롬프트

유명한 책이나 문학을 그림이나 사진으로 표현할 수 있다. 대중적으로 알려진 작가, 책 제목, 문학 구절 그리고 표현하고자 하는 스타일을 사용한다.

마크 트웨인의 "허클베리핀의 모험"에서 "The Adventures of Huckleberry Finn" - A colorful and whimsical illustration depicts Huck and Jim rafting down the Mississippi River, surrounded by lush greenery and wildlife. The sun is setting in the background, casting a warm golden light over the scene. Huck is seen sitting with his fishing pole while Jim steers the raft with a long stick. (From Mark Twain's "Adventures of Huckleberry Finn") "The Adventures of Huckleberry Finn"

다채롭고 기발한 그림은 허크(Huck)와 짐(Jim)이 무성한 녹지와 야생 동물로 둘러싸인 미시시피 강에서 래프팅을 하는 모습을 묘사한다. 해가 배경으로 지고 있어 따뜻한 황금빛 이 장면을 비추고 있다. 허크는 낚싯대를 들고 앉아 있고 짐은 긴 막대기로 뗏목을 조종한다. (MJ V5.2)

이상한 나라의 앨리스의 한 장면 Using a whimsical, fantasy-style illustration, create an image of Alice in Wonderland falling down the rabbit hole. Show her surrounded by fantastical creatures, with the White Rabbit peeking out from behind a tree and a sense of

wonder and adventure in the air

기발하고 판타지적인 스타일의 일러스트레이션을 사용하여 이상한 나라의 앨리스가 토끼 굴로 떨어지는 이미지를 만든다. 하얀 토끼가 나무 뒤에서 밖을 내다보며 공중에서 경이로움과 모험을 느끼는 환상적인 생물들에 둘러싸여 그녀를 표현한다. (MJ V5.2), (Niji 5)

더글러스 애덤스의 '은하수를 여행하는 히치하이커를 위한 안내서'의 한 장면 The Hitchhiker's Guide to the Galaxy" by Douglas Adams-A whimsical illustration of Arthur Dent being lifted by the air currents, surrounded by strange aliens and planets

외계인과 행성에 둘러싸인 기류에 의해 들어올려지는 아서 덴트(Arthur Dent)의 기발한 모습 (MJ V5)

셀 실버스타인의 '더 기빙 트리'의 한 장면 The Giving Tree by Shel Silverstein - A whimsical illustration of the tree and the little boy, surrounded by the lush forest and rolling hills 무성한 숲과 구불구불한 언덕으로 둘러싸인 나무와 어린 소년의 기발한 삽화 (MJ V5.2)

🔻 영화 관련 프롬프트

영화의 제목이나 영화의 특정 장면 그리고 출연 배우에 대한 정보를 통해 이미지를 생성할 수 있다. 하지만 영화 스타일의 저작권 문제로 인해 상업적으로 사용할 수 없다. 물론 원작과 완전히 다른 결과의 이미지는 사용이 가능하지만 이 또한 상업적으로 사용할 경우 법적인 부분에 대한 검토가 있어야 한다.

월-E(Wall-E) 스타일 In the style of Wall-E, a scene of a floating city in 2200 where humans live in a luxurious space station and robots do all the work. A roving robot named Wall-E and his companion Eve, explore a discarded landfill filled with old Earth relics 인간이 호화로운 우주정거장에 살고 로봇이 모든 일을 하는 2200년 부유 도시의 한 장면이다. Wall-E라는 떠돌아다니는 로봇과 그의 동료 Eve는 오래된 지구 유물로 가득 찬 버려진 쓰레기 매립지를 탐험한다. (MJ V5.2)

팀 버튼의 '크리스마스의 악몽' 스타일 In the style of Tim Burton's 'The Nightmare Before Christmas', a scene depicting the moment when Jack Skellington discovers Christmas Town

팀 버튼의 크리스마스의 악몽 스타일을 잭 스켈링톤이 크리스마스 타운을 발견하는 순간 (MJ V5.2)

인크레더블(The Incredibles) 스타일 In the style of the movie 'The Incredibles', the family of superheroes facing off against the villain Syndrome

영화 인크레더블 스타일로 빌런 신드롬과 맞서는 슈퍼히어로 가족 (MJ V5.2)

📌 건축 관련 프롬프트

자신이 원하는 건축물을 유명 건축가 스타일로 표현할 수 있다. 건축 이미지는 저작권에 문제가 없기 때문에 상업적으로 사용하거나 아이디어 초안으로 유용하다.

자하 하디드(Zaha Hadid) 스타일 A towering, spiraling skyscraper in the style of Zaha Hadid, made entirely out of reflective glass, with a waterfall cascading down the side and a spacious, futuristic observation deck on top

자하 하디드 스타일의 우뚝 솟은 나선형 고층 빌딩으로 전체가 반사 유리로 만들어졌으며, 측면으로 폭포가 떨어지고 꼭대기에는 넓고 미래적인 전망대가 있다. (MJ V5.2)

프랭크 게리(Frank Gehry) 스타일 A massive, avant-garde shopping mall in the style of Frank Gehry, filled with curved walls, twisted steel beams, and brightly lit, abstract sculptures

프랭크 게리 스타일의 거대하고 아방가르드한 쇼핑몰로 곡선형 벽, 꼬인 강철 빔, 밝은 조명의 추상 조각으로 가득 차 있다. (MJ V5.2)

노먼 포스터(Norman Foster) 스타일 A towering, futuristically designed hotel in the style of Norman Foster, with a large, glass- bottomed infinity pool on the top floor, offering breathtaking views of the city

노먼 포스터 스타일의 우뚝 솟은 미래 지향적인 디자인의 호텔로 최상층에 바닥이 유리로 된 대형 인피니티 풀이 있어 도시의 숨막히는 전경을 제공한다. (MJ V5.2)

반 시게루(Shigeru Ban) 스타일 An abstract, surreal building designed by Shigeru Ban, made of stacked cardboard tubes and woven bamboo matting. The building's exterior features a whimsical, organic form, while its interior is a bright and airy space filled with light

반 시게루가 설계한 추상적이고 초현실적인 건물로, 쌓인 판지 튜브와 대나무 매트로 만들어졌다. 건물의 외관은 기발하고 유기적인 형태가 특징이며 내부는 빛으로 가득 찬 밝고 경쾌한 공간이다. (MJ V5.2)

펜 아트 삽화 스타일 트리 하우스 A whimsical treehouse village suspended in the air, built around a giant redwood tree. In the style of a pen and ink illustration

거대한 우드 나무 주위에 지어진 기발한 트리하우스 마을이 공중에 떠 있는 펜과 잉크 삽화 (MJ V5.2)

PART 03

유용한 열 두가지 생성형 AI 컬렉션

달-E(DALL-E)는 챗GPT를 개발한 OpenAI의 인공지능 모델로 텍스트(프롬프트) 명령에 의해 이미지를 생성하는 프로그램이다. 달-E는 GPT-3과 같은 기반이며, 변형된 버전의 트랜스포머 아키텍처를 사용하여 학습되었다. DALL-E는 현재 DALL-E 3 버전으로 업데이트되어 이전 버전보다 뛰어난 더 많은 디테일과 뉘앙스를 학습하였고, 프롬프트의 이해력도 훨씬 높아졌다. 아래 달-E 메인 페이지에 있는 그림에서처럼 두 개의 프롬프트가 모두 이미지에 잘 표현되었다는 것을 알 수 있다.

살펴보기 위해 먼저 구글 검색기에서 ❶[DALL E 3]으로 검색하여 해당 ❷[웹사이트]로 들어간다.

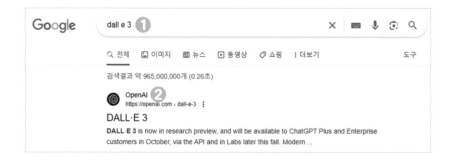

오픈AI 메인화면이 열리면 [Try ChatGPT]를 클릭하여 챗GPT 작업 화면으로 이동한다. DALL—E 3은 챗GPT에서 프롬프트를 작성하여 이미지를 생성할 수 있는 형태로 통합되었으며, 우측 상단의 [Log in] 버튼을 눌러 로그인하면 기존 방식의 DALL—E 2에서 작업을 할 수 있다.

챗GPT와 통합된 DALL—E 3 무작정 사용하기

그동안 챗GPT는 사용자의 질문에 대한 답변은 텍스트 형태로만 제공하였다. 하지만 DALL—E 3으로 업데이트되면서 챗GPT의 프롬프트를 통해 이미지를 생성하고, 외부 이미지를 가져와 분석할 수 있게 되었다. 여기에서는 챗GPT의 계정이 있다고 가정하여 살펴보기로 한다. 챗GPT 웹사이트로 들어가기 위해서는 앞서 살펴본 DALL-E 웹사이트 메인화면에 있는 [Try ChatGPT (DALL-E)] 링크를 통하거나 구글 검색기에서 [챗GPT]로 검색하여 들어 갈 수 있다.

챗GPT로 들어가면(로그인 상태) 그림처럼 화면 상단에 2개의 챗GPT 버전이 있다. 여기에서 ❶[GPT-4]를 선택하면 기본 메뉴가 나타나는데 맨 아래쪽에 있는 ❷ [DALL-3] 메뉴를 선택한다. **DALL-E 3은 [챗GPT 플러스] 이상의 이용자만 사용할 수 있다.**

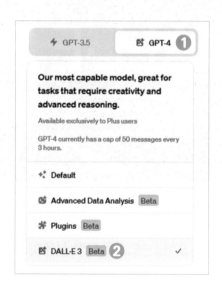

계속해서 하단의 프롬프트에 ❶[**숲 속을 걷는 소녀를 HD급의 해상도로 그려줘**]라고 입력한 후 ❷[Send] 버튼을 누른다.

숲 속을 걷는 소녀를 HD급의 해상도로 그려줘 ① ▶ ②

그러면 다음과 같은 이미지가 생성되는 것을 알 수 있다. 만약 생성된 이미지가 마음에 들지 않는다면 우측 하단의 [Regenerate]를 클릭하여 동일한 프롬프트로 재생성할 수 있다. **마우스 포인터가 있는 이미지를 다운로드받을 수 있다.**

챗GPT는 앞서 생성한 답변(이미지)에 대해 기억을 하고 있기 때문에 수정 또한 간단하다. 프롬프트에서 [위 이미지에서 소녀의 발에 빨간색 구두를 신은 모습으로 해 줘]라고 입력한 후 [Send] 버튼을 누르면 그림처럼 프롬프트에서 요청한 내용만 수정된 이미지가 생성된다. **이전 이미지와 비교해 보면 빨간색 신발로 교체된 것을 알 수 있으며, 신발을 강조했기 때문에 신발이 보이도록 앵글의 변화도 생겼다.**

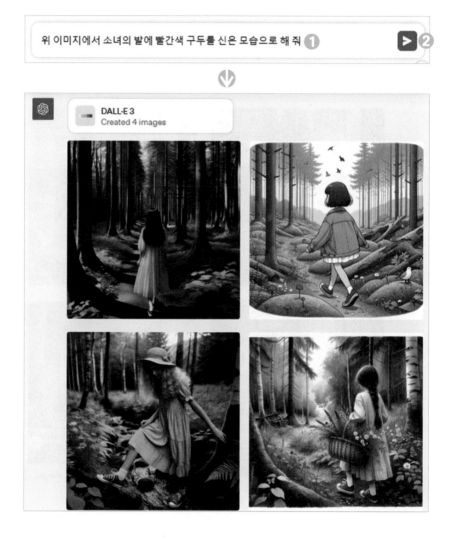

4컷 광고 만화 만들기

챗GPT의 DALL-E 3으로 만화를 제작할 수도 있다. 간단하게 살펴보기 위해 ❶[우동 광고를 위한 4컷 만화 만들어 줘, 20대 여성들에게 어필할 수 있는 재미난 내용으로 창작해 줘]라고 입력한 후 ❷[Send] 버튼을 누르면 다음과 같은 4컷 광고 만화가 생성된다.

우동 광고를 위한 4컷 만화 만들어 줘, 20대 여성들에게 어필할 수 있는 재미난 내용으로 창작해 줘 ❶　　　　　　　　　　　　　　　　　　　　❷

만족스러운 결과는 아니지만 프롬프트에 보다 구체적인 내용과 각 컷마다의 대사, 언어, 캐릭터 스타일 등을 입력하면 훨씬 만족도가 높은 결과물을 얻을 수 있다.

챗GPT를 활용하여 이미지 분석하기

DALL-E 3과는 별개로 챗GPT의 지속적인 업데이트로 인해 그동안 기다리고 있었던 외부에서 이미지를 가져와 이미지 내용을 분석(평가)할 수 있게 되었다. 살펴보기 위해 ❶[새로운 챗(New Chat)]을 선택하여 새로운 채팅 창을 열어 준 후 ❷[GPT-4]를 ❸[Default]로 선택한다.

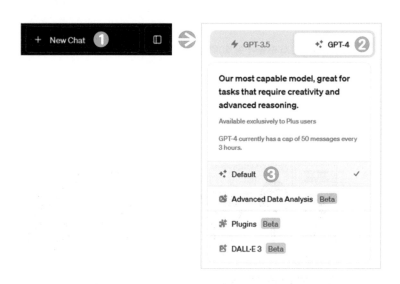

프롬프트 좌측을 보면 이미지를 가져올 수 있는 아이콘이 생겼다. 이제 이 ❶[아이콘]을 클릭하여 원하는 이미지를 하나 가져온다. 그다음 다음과 같은 ❷[이 그림의 **작품명과 작가명 그리고 작품에 대한 기법과 그림의 특징에 대해 설명해 줘**] 프롬프트를 입력한 후 ❸[Send] 버튼을 누른다.

📗 [학습자료] – [그림 02] 이미지 활용

이 그림의 작품명과 작가명 그리고 작품에 대한 기법과 그림의 특징에 대해 설명
해 줘

그림에 대한 답변은 다음과 같다. [드림]에 대한 작품명이 다소 문제는 있었지만 그래도 기법과 특징에 대해서는 명확하게 제시한 것을 알 수 있다. 살펴본 것처럼 챗GPT는 이제 텍스트뿐만 아니라 이미지에 대한 작업도 가능하기 때문에 더욱 다양한 분야에서 활용할 수 있게 되었다.

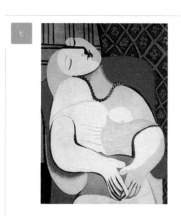

이 그림은 피카소의 "드르미르(Dream)"로 알려져 있습니다.

작가명: 파블로 피카소(Pablo Picasso)

작품명: 드르미르(Dream)

기법과 특징:

- 이 작품은 피카소의 고전주의 기간 중 하나로, 그의 작품 중에서도 매우 유명한 하나입니다.
- 여성의 거대한 머리와 여성의 평온한 표정은 드라마틱한 색상과 대조를 이룹니다.
- 선은 단순하고 선명하며, 이는 피카소의 고전주의적인 스타일을 반영하고 있습니다.
- 밝은 색상과 부드러운 곡선은 작품 전체에 여유와 평화로운 느낌을 줍니다.
- 배경의 패턴과 디테일은 이 작품의 복잡성과 깊이를 더해줍니다.

피카소는 자신의 생애 동안 다양한 스타일과 기법을 탐구하며 많은 작품을 남겼는데, "드르미르"는 그의 작품 중에서도 독특한 위치를 차지하고 있습니다.

010. 낙서를 멋진 이미지로 만드는 스테이블 두들

검색을 해보면 이미지를 생성해 주는 AI가 생각보다 많다는 것을 알 수 있다. 이들 중에는 무료 **유료로 전환될 예정이지만...** 로 운영되는 곳도 꽤 많다. 이번에 살펴볼 [**스테이블 두들**]은 스테이블 디퓨전을 개발한 Stability AI사에서 제공하는 이미지 생성 인공지능(AI)으로 쉽게 말해 사용자가 직접 그린 스케치의 윤곽을 분석해 이미지를 생성해 주는 서비스이다. 다음과 같이 구글 검색기에 ❶[Stable Doodle]로 검색한 후 해당 ❷[웹사이트] 접속하면 곧바로 서비스를 사용할 수 있다.

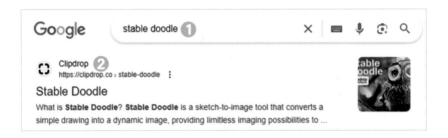

☑ 스테이블 두들 메인화면이 열리면 상단 [Tools] 메뉴를 클릭해 본다. 메뉴를 보면 다양한 서비스가 제공되는 것을 알 수 있다. 여기에 있는 메뉴 중에는 배경을 빼주고, 변경하는 무료 툴도 제공된다.

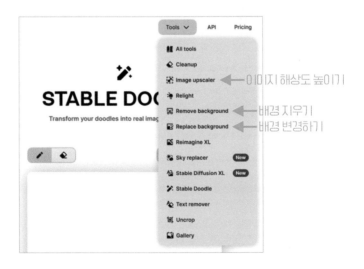

🔸 스테이블 두들 무작정 사용하기

스테이블 두들에서 빈 캔버스에 생성하고자 하는 그림(이미지)을 ❶[스케치]한 후 아래쪽 프롬프트에 간단한 ❷[키워드]를 입력한다. 그다음 ❸[스타일 메뉴] – [스타일]을 선택한 후 생성하기 버튼인 ❺[Generate] 메뉴를 클릭한다. 그러면 얼마 전까지 무료였던 것이 유료로 바뀐 것을 알 수 있다. 그래도 간단하게 살펴보기 위해 ❻[Upgrade to Pro] 버튼을 누른 후 로그인을 자신의 ❼❽[구글 계정]으로 선택한다.

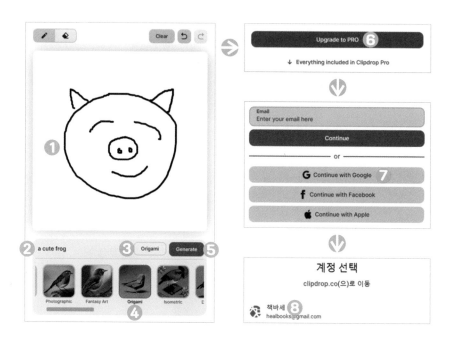

로그인 후 결제 정보가 나타나면 일단 가볍게 사용해 보기 위해 ❶[월] 결제 방식을 선택한 후 ❷[Start Pro] 버튼을 누른다. 유료 결제 의사가 없다면 책의 내용만 살펴본다.

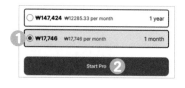

그러면 스케치한 그림에 맞는 3개의 이미지가 생성된다. **만약 생성된 이미지가 마음에 들지 않는 경우 [Generate] 버튼을 다시 누르거나 [프롬프트] 내용과 [스타일]을 수정하여 다시 [Generate] 버튼을 누르면 새로운 이미지가 생성된다.**

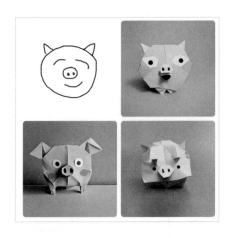

최종적으로 사용할 이미지의 다운로드는 해당 이미지를 **[클릭]**한 후 나타나는 창 우측 상단에 있는 [Download HD] 메뉴를 클릭하면 된다.

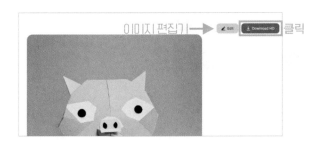

☑ 이미지 생성 창의 우측 상단에 있는 [Share results] 메뉴를 사용하면 현재 보이는 이미지(스케치 이미지 포함)가 콜라주 형식으로 모두 저장이 된다.

011. 낙서를 완벽한 스케치로 만드는 오토드로우

오토드로우(Autodraw)는 진정한 똥손들을 위해 형체도 알아보지 못할 정도의 그림을 완벽한 그림으로 만들어 준다. 살펴보기 위해 구글 검색기에 [autodraw]로 검색하거나 인터넷 주소창에 [www.autodraw.com]으로 접속하면 간단하게 그림을 완성할 수 있는 작업화면이 나타난다. 여기에서 먼저 좌측 상단 [**메뉴**] 클릭하여 원하는 작업 [**규격**]을 선택한다.

1. **Select** 생성된 그림 선택, 이동, 크기 조절하기

2. **AutoDraw** 스케치된 것과 유사한 완성 스케치 템플릿을 선택하기

3. **Draw** 단순 스케치하기

4. **Type** 글자 입력하기

5 **Fill** 스케치된 면에 색상 채우기

6 **Shape** 도형 생성하기

7 **Color** 스케치에 사용되는 선 색상 선택하기

8 **Zoom** 스케치 작업 캔버스 확대하기. 선택 후 상단에서 배율을 선택할 수 있다.

9 **Undo** 작업 취소하기

10 **Delete** 선택된 스케치 요소 삭제하기

🔖 오토드로우 무작정 사용하기

새로운 작업 캔버스가 생성되면 이제 원하는 그림의 스케치를 하면 된다. 이번에는 [오리]의 모습을 그려보기로 한다. 오리의 대략적인 ❶[윤곽]을 그리면 그려진 모습과 유사한 스케치 템플릿이 상단에 나타나면 여기에서 원하는 ❷[스케치]를 선택하면 된다.

앞서 선택한 오리 모습의 스케치가 적용된 후의 모습을 보면 오리 모습이 작업 캔버스보다 큰 것을 알 수 있다. 이럴 때 캔버스 우측 하단의 캔버스 [크기] 설정 기능을 클릭하여 원하는 크기로 조절하면 된다.

살펴본 것처럼 오토드로우는 대충 그린 그림을 완벽한 스케치로 만들어 준다. 완성된 그림은 앞서 설명한 좌측 상단 메뉴의 [Download]나 [Share] 메뉴를 통해 저장 및 공유할 수 있다.

💡 팁 & 노트

흑백 사진과 손상된 사진을 복원해 주는 AI 툴에 대하여

모든 것이 AI로 시작하고 끝나는 시대, 다양한 AI 툴들이 개발되고 있는 때에 흑백 사진을 컬러, 손상된 사진을 복원하는 것은 이제 너무나 쉬운 일이 되었다. [imagecolorizer.com/ko] 웹 사이트에서는 이러한 작업을 간편하게 할 수 있으며, 서비스 또한 무료로 사용할 수 있게 해준다.

012. 그림을 모션(애니)으로 만드는 애니메이트 드로잉

애니메이트 드로잉(Animated Drawing)은 기본적인 이미지를 바탕으로 춤추는 애니메이션으로 바꿔주는 인공지능(AI) 툴이다. 이 서비스는 페이스북으로 알려진 메타(Meta)에서 개발하여 무료로 제공하고 있다. 살펴보기 위해 구글 검색기에서 ❶ [animated drawing]으로 검색한 후 해당 ❷[웹사이트]에 접속한다. 메인화면이 나타나면 하단의 ❸[Get Started] 버튼을 클릭하여 작업을 시작할 수 있다.

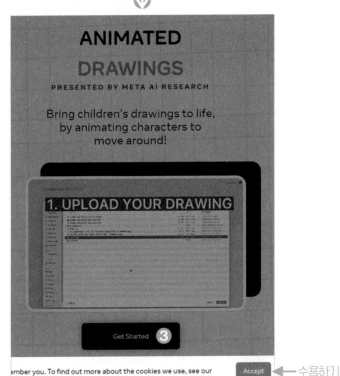

🔽 애니메이트 드로잉 무작정 사용하기

작업 화면이 열리면 메인화면 하단에 있는 ❶[Get Started] 메뉴를 클릭하여 사용할
그림 이미지를 가져온다. 이미지를 업로드한 후 ❷[Next] 버튼을 클릭한다. 참고로
이미지는 기본적으로 팔, 다리가 함께 그려진 전신 캐릭터 이미지를 사용하는 것을
권장한다.

🔖 [학습자료] – [그림 01] 이미지 활용

그러면 장문의 글자가 나타나는데 해당 이미지를 연구 목적의 이미지 수집에 동의해
야 서비스를 이용할 수 있기 때문에 [Agree] 버튼을 클릭한다.

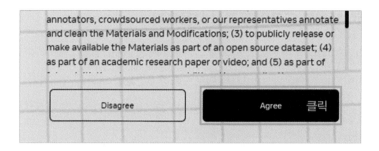

모서리 포인트를 사용하여 이미지의 사용할 부분만 ❶**[영역]**으로 설정하고 ❷ [Next] 버튼을 클릭한다. 그다음 작업 창에서는 이미지 중에 팔, 다리 등 신체가 누락된 경우, 누락된 부분을 선으로 ❸**[그린]** 후 ❹[Next] 버튼을 클릭한다.

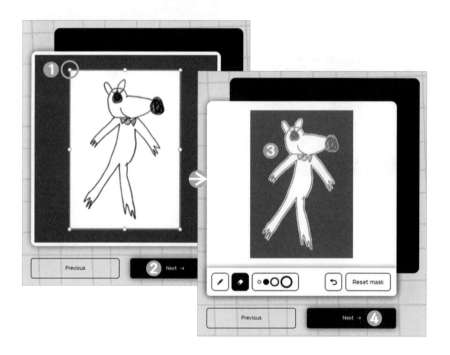

모션(애니메이션)이 이루어질 얼굴, 몸, 팔, 다리 부분의 관절들이 점으로 잘 연결되었는지 확인한 후 이상이 없다면 [Next] 버튼을 클릭한다.

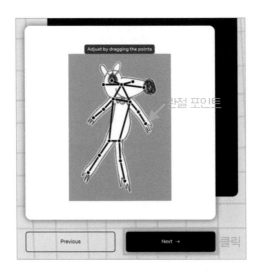

☑ 관절의 수정은 위 그림의 화살표에서 가르치는 [관절 포인트]를 수정하고자 하는 곳으로 이동하여 정확한 모션 지점이 되도록 하면 된다.

이제 최종적으로 좌측의 모션 템플릿에서 원하는 ❶❸[동작]을 선택하여 관절이 적용된 이미지에 반영한다. 원하는 애니메이션이 만들어지면 ❷[Share] 메뉴를 클릭하여 공유할 수 있다. [확대하기] 후 화면 우측 하단 [메뉴]에서 동영상으로 [다운로드]할 수 있다.

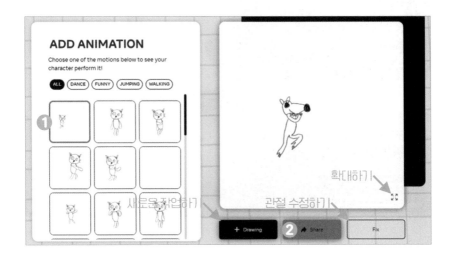

013. DALL-E 기반의 빙 이미지 크리에이터

빙 이미지 크리에이터(Bing Image Creator)는 달-E 3(DALL-E 3) 기반의 이미지를 생성하는 인공지능(AI) 툴로써 텍스트 프롬프트를 입력하면 간단하게 이미지를 생성할 수 있다. 살펴보기 위해 구글 검색기에서 ❶[Bing Image Creator]로 검색한 후 해당 ❷[웹사이트]에 접속한다.

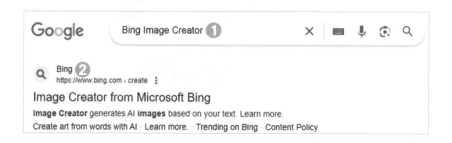

메인화면이 열리면 좌측 아래 [가입 및 만들기] 버튼을 클릭하여 마이크로소프트 계정을 만들어 준다. 지시에 따라 계정을 만들면 되고, 마이크로소프트 계정이 있다면 해당 계정으로 로그인(코드 번호 포함)하면 된다.

▶ 이미지 크리에이터 무작정 사용하기

로그인 후 메인화면으로 돌아오면 이제 다음과 같이 한글로 입력된 프롬프트를 통해 이미지를 생성해 본다. ❶[프롬프트] 입력 후 ❷[엔터] 키를 누르면 된다. 그러면 그림처럼 3개의 이미지가 생성되며, 이미지 생성 후의 화면은 앞서 사용했던 화면과 다른 화면으로 전환된다.

『 prompt: 화이트 크리스마스, 서울, 도시 풍경, 고해상도, 8K, 캐논 EOS로 촬영한 사진 』

☑ 우측 상단 번개 모양의 아이콘에 숫자는 무료로 생성할 수 있는 이미지 개수이다. 즉, 이미지를 생성할 때마다 부스터가 1개씩 소진되는 개념이다. 100개의 부스터를 모두 소진한다고 해서 이미지 생성이 불가능한 것은 아니다. 부스터를 사용할 때보다는 이미지가 생성되는 시간만 길어질 뿐이다. 참고로 부스터는 매일 100개씩 새롭게 리셋(충전)되기 때문에 하루에 100장의 이미지를 생성하지 않는 이상 거의 계속해서 부스터를 사용할 수 있다.

이미지 내용 중 수정할 부분이 있는 경우 상단에 있는 프롬프트에 입력된 내용을 수정하거나 새로운 키워드를 입력하여 다시 이미지를 생성하면 되며, 다운로드하기 위해서는 생성된 이미지 중 원하는 이미지를 선택한 후 [공유] 및 [다운로드] 메뉴를 사용하면 된다.

☑ 이미지를 컬렉션에 등록(저장)하여 관리하기 위해서는 생성된 이미지 우측 상단 [저장] 아이콘 메뉴 또는 최종 선택 이미지 화면에서 [저장] 메뉴를 사용하면 된다.

플레이그라운드 AI(Playground AI)는 다양한 종류의 이미지 생성형 AI 모델을 선택하여 이미지를 쉽게 생성할 수 있는 서비스이다. 무료 서비스와 유료 서비스로 나뉘지만 무료 서비스만으로도 하루 1000개의 이미지를 생성할 수 있기 때문에 사용에 전혀 불편함이 없으며, 추가적인 설치 과정 없이 웹사이트 상에서 이미지를 생성할 수 있기 때문에 쉽게 사용할 수 있다. 살펴보기 위해 구글 검색기에서 ❶ [Playground AI]로 검색한 후 해당 ❷[웹사이트]에 접속한다.

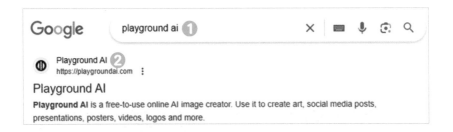

메인화면이 열리면 [Get Started] 버튼을 누른다. 우측 상단 [Get Started For Free] 메뉴를 사용할 수도 있다.

회원가입은 [구글 계정]을 통해 간편하게 등록 후 자동 로그인할 수 있다.

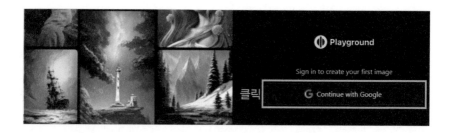

▶ 플레이그라운드 AI 무작정 사용하기

로그인 후 메인화면으로 돌아오면 우측 상단의 [Create] 버튼을 클릭한다. **처음으로 접속한 상태라면 튜토리얼이 진행될 수도 있다.**

이미지 생성 작업 화면이 열리면 좌측 상단의 [Board] 항목에서 작업을 진행하면 된다. 먼저 우측 [Image Dimensions]에서 이미지 크기를 [1024 x 1024]로 선택한다. 그다음 [Prompt]에 다음과 같은 [영문] 프롬프트를 입력한 후 [Generate] 버튼을 눌러 이미지를 생성한다.

『prompt: 3D character design, cute boy, in the school 』

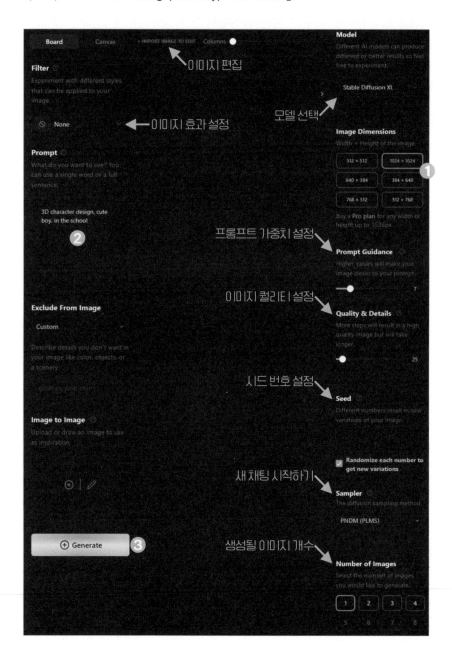

생성된 이미지는 다음과 같다. 이미지 생성 후 마우스 포인터를 이미지에 갖다 놓으면 다양한 메뉴가 나타나는데, 좌측 상단의 3개의 메뉴는 각각 변형된 [새로운 이미지 생성], [다운로드], [캔버스 편집] 그리고 우측 상단은 [프롬프트 수정], [확대] 등의 메뉴를 제공한다.

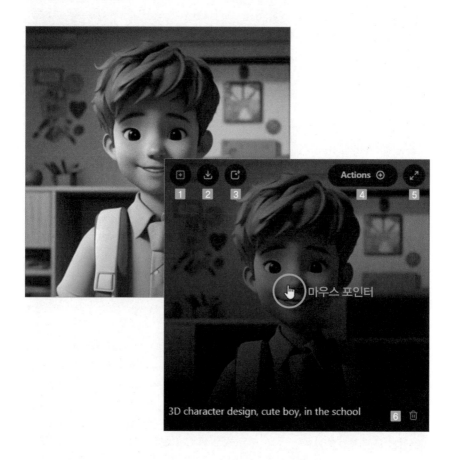

1 **Create variations** 프롬프트 기준으로 현재 생성된 이미지와 다른 새로운 이미지를 생성한다.

2 **Download** 생성된 이미지를 다운로드한다.

③ **Edit in Canvas** 생성된 이미지 편집을 위한 캔버스로 전환한다.

④ **Action** 새로운 프롬프트를 작성하여 이미지를 생성한다.

⑤ **Zoom** 해당 이미지를 확대하여 보여준다.

⑥ **Delete image** 해당 이미지를 삭제한다.

생성된 이미지 부분 편집(수정)하기

플레이그라운드 AI(Playground AI)에서는 생성된 이미지에서 사용자가 원하는 부분에 대해 프롬프트를 추가로 적용하여 이미지의 부분 편집이 가능하다. 살펴보기 위해 수정할 이미지에서 ❶❷[Actons] - [Edit] 메뉴를 선택한 후 열리는 편집 창에서 가능하다.

• 해당 학습은 [학습자료]의 [플레이그라운드 AI 완전 정복] PDF 파일 참고한다.

015. 맞춤형 이미지 생성을 위한 네오나르도.AI

네오나르도.AI(Leonardo.AI)는 웹 기반의 이미지 생성 AI 서비스로, 별도의 프로그램 설치 없이 사용 가능하다. 이 서비스는 사용자가 업로드한 이미지 스타일을 학습하는 독특한 기능을 제공하며, 간단한 키워드로 정교한 프롬프트를 생성할 수 있다. 무료 계정은 하루에 150 토큰을 제공하며, 이를 통해 75장까지 이미지를 생성할 수 있다. 살펴보기 위해 구글 검색기에서 ❶[Leonardo AI]로 검색한 후 해당 ❷[웹사이트]에 접속한다.

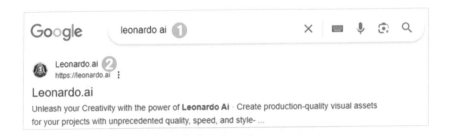

회원가입을 위해 네오나르도.AI 메인화면 우측 상단의 ❶[Launch App] 메뉴를 클릭한 후 열리는 정보 입력창에서 ❷[구글] 계정을 선택한다. 그다음 자신의 ❸[계정] 선택하면 된다.

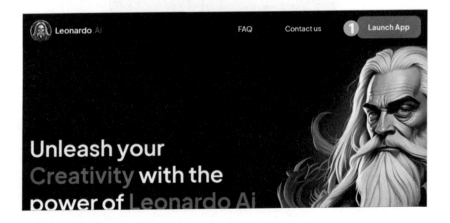

Get started 창에서는 자신의 ❶[닉네임]과 ❷[관심 분야] 선택 그리고❸ [18세] 이상 임을 증명하는 옵션을 활성화한 후 ❹[Next] 버튼을 클릭한다.

마지막으로 자신을 설명하는 옵션들 중에 한 가지인 ❶[Enthusiast]을 선택한 후 ❷
[Start using Leonardo]를 클릭한다. 이후에 나타나는 창은 네오나르도.AI에 대한 소개이므로
[Next] 버튼을 눌러 확인하거나 우측 상단 [x] 버튼을 누르면 된다.

▶ 네오나르도.AI 무작정 사용하기

이미지 생성을 위해 메인화면 좌측 하단에 있는 ❶[AI Image Generation] 메뉴를 클
릭한다. 새로운 창이 열리면 상단에 있는 ❷[프롬프트]에 원하는 키워드를 입력한
다. 그리고 [Finetuned Model]을 ❸[3D Animation Style]로 선택한 후 ❹[Generate] 버
튼을 클릭하여 이미지를 생성한다.

「prompt: cute student, in the classroom, funny time」

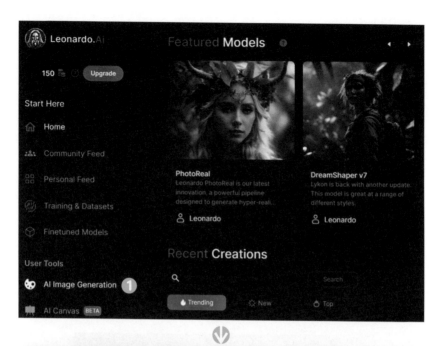

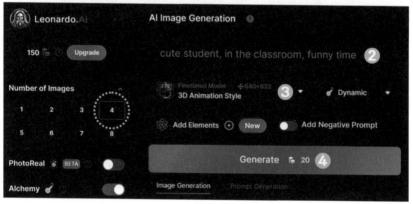

생성된 이미지는 다음과 같이 전문가 수준의 결과물이라는 것을 알 수 있다. 여기
에서 특정 이미지에 마우스 포인터를 갖다 놓으면 [Download image] 메뉴를 선택하
여 이미지를 저장할 수 있으며, 이미지의 화질을 업스케일링, 최적화, 배경을 제거
할 수 있는 메뉴 등 여러 가지 기능을 통해 이미지 편집이 가능하다.

마우스 포인터

이미지 다운로드받기

네오나르도.AI 메뉴 살펴보기

레오나르도.AI 작업 기능은 앞서 살펴본 플레이그라운드AI처럼 다양하다. 각 메뉴에 대한 설명은 다음을 참고한다.

1 토큰수 확인 무료 사용자인 경우 회원가입 시 150개의 토큰이 주어진다. 하루가 지나면 다시 150개로 채워진다.

2 Number of Images 생성되는 이미지의 숫자를 선택할 수 있다.

3 PhotoReal 이미지를 실제와 같이 생성할 수 있다. 이 메뉴를 활성화시키면 프롬 프트 창 아래에 있는 모델 선택 메뉴와 세부 메뉴가 함께 변경된다. 사용시 소진되 는 토큰수가 늘어나게 된다.

4 Prompt Magic 프롬프트 내용을 더욱 잘 반영하여 이미지 품질을 향상한다. 사용 시 소진되는 토큰수가 늘어나게 된다.

5 Alchemy 모델 선택에 따른 세부 메뉴를 더욱 다양하게 사용할 수 있다. 사용시 소진되는 토큰수가 늘어나게 된다.

6 Public Images 이미지 공개여부를 설정할 수 있는 메뉴로 무료 사용자는 무조건 공개하도록 설정되어 있다.

7 **Image Dimensions** 이미지의 해상도를 선택할 수 있다. 768 x 1024 해상도부터 소진되는 토큰수가 늘어나게 된다.

8 **Guidance Scale** 수치값이 높을수록 프롬프트 내용을 충실하게 반영하는 비율이 높아지게 된다.

9 **프롬프트** 영어로 프롬프트 내용을 입력하는 필드 공간이다.

10 **Finetuned Model** Leonardo.AI에서 제공하는 모델을 선택할 수 있다.

11 **Leonardo Style** 모델별 세부 Style을 선택할 수 있다.

12 **Add Negative Prompt** 활성화하면 생성되는 이미지에서 제외했으면 하는 키워드 입력창이 나타나게 된다. 영어로 키워드를 입력하면 이미지가 생성될 때 해당 키워드는 이미지에 생성되지 않도록 반영된다.

13 **Generate** 이미지를 생성할 때 사용된다.

14 **소진되는 토큰 수 확인** 이미지를 생성할 경우 소진되는 토큰 수를 표시해 준다.

나만의 모델로 학습시키기

Leonardo.AI의 강력한 기능 중 하나는 바로 자신만의 모델을 학습시킨 후 이미지를 생성할 수 있다는 점이다. 자신이 원하는 그림 스타일이나 그림체가 있는 경우 이미지를 업로드하여 이미지 모델로 학습시키면 프롬프트를 입력하여 자신이 원하는 그림체로 이미지를 생성할 수 있다.

· 해당 학습은 [학습자료]의 [네오나르도.AI 완전 정복] PDF 파일 참고한다.

아이디오그램(Ideogram)은 이미지에 텍스트를 함께 생성할 때 사전에 지정한 텍스트를 비교적 정확하게 생성하는 무료 이미지 생성형 AI 서비스이다. 이미지에 원치 않는 텍스트나 기호 등이 함께 생성되는 문제 없이 비교적 정확하게 인식하기 때문에 각종 표지판이나 간판 디자인 등에서도 많이 사용될 수 있다. 살펴보기 위해 구글 검색기에 ❶[Ideogram]로 검색한 후 해당 ❷[웹사이트]에 접속한다.

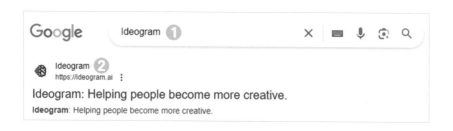

아이디오그램 메인화면 하단에 있는 ❶[Signup with Google] 버튼을 클릭한 후 자신의 ❷[구글] 계정으로 회원가입을 시작한다.

계속해서 ❶[사용 정책] 동의 체크박스를 체크하고 ❷[Continue] 버튼을 클릭한다. 다음 화면에서 ❸[닉네임]을 입력한 후 ❹[Complete Registration] 버튼을 눌러 회원 가입을 마친다.

🔸 아이디오그램 무작정 사용하기

이미지를 생성하기 위해 메인화면 상단 프롬프트에 다음과 같이 영문 ❶[키워드]를 입력한 후 원하는 ❷[스타일]을 선택한다. 그다음 ❸[Generate] 버튼을 클릭한다.

『prompt: A Squirrel holding a sign that says Happy Birthday』

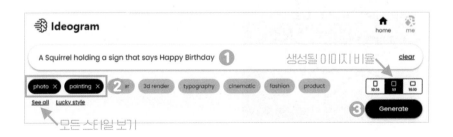

앞서 작성한 프롬프트와 스타일에 대한 결과는 다음과 같이 4개의 이미지이다. 여기에서 마음에 드는 이미지가 없다면 프롬프트 내용을 수정하거나 다시 [Generate] 버튼을 클릭하여 이미지를 새롭게 생성할 수 있다.

특정 이미지를 다른 느낌으로 리믹스하기

생성된 4개의 이미지 중에 마음에 드는 이미지를 다른 느낌으로 새로운 이미지 생성을 할 수도 있다. 만약 첫 번째 이미지가 마음에 든다면 해당 이미지 좌측 하단에 있는 [Remix] 버튼을 클릭한다.

리믹스 창이 열리면 새로운 프롬프트, 이미지 가중치(Image weight), 스타일 등을 재

설정한 후 [Generate] 버튼을 누르면 해당 이미지에 대한 새로운 느낌의 이미지가 생성된다. 여기에서는 기본 상태에서 이미지를 생성한다.

최종적으로 사용할 이미지가 있다면 해당 이미지를 ❶[클릭]한 후 새로운 창에서 ❷[공유]하거나 ❸[다운로드] 메뉴를 선택하면 된다.

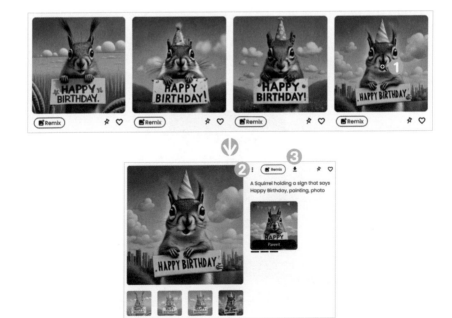

017. 진행 아바타 제작을 위한 디–아이디

디-아이디(D-ID)는 이스라엘의 스타트업 기업에서 Creative Reality Studio 플랫폼을
사용하여 AI 아바타 영상을 생성하는 툴이다. 디자인이 직관적이고 사용법이 간단
하여 사용자가 쉽게 영상을 생성할 수 있다. 텍스트를 입력하고 이를 바탕으로 이
미지를 생성하여 최종적으로 비디오 결과물을 얻어낼 수 있다. 살펴보기 위해 구글
검색기에서 ❶[D-ID]로 검색한 후 해당 ❷[웹사이트]에 접속한다.

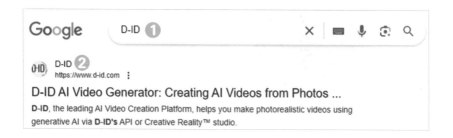

메인화면이 열리면 [Try now, it's free] 버튼을 눌러 작업 화면으로 이동한다. D-
ID는 별도의 회원가입 없이도 작업을 수행할 수 있다.

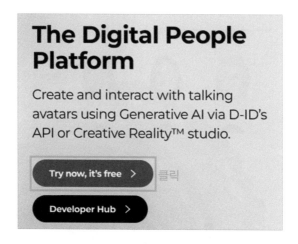

디-아이디 무작정 사용하기

작업 화면이 열리면 좌측 상단에 있는 [Create Video] 메뉴를 선택한다.

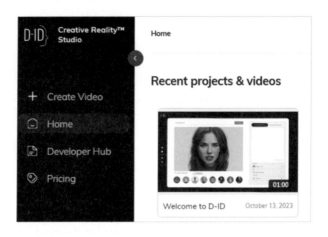

가장 먼저 해야 할 작업은 AI 아바타(진행자)의 선택이다. 작업창 하단에서 기본 아바타 중 원하는 것을 **[선택]**한다.

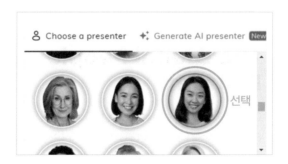

☑ 아바타 우측에 HQ가 표시된 경우는 배경색이나 전체 템플릿 크기를 변경할 수 있는 샘플이다.

계속해서 아바타의 대사를 작성해야 한다. 우측 ❶[프롬프트]에 다음과 같은 대사 (챗GPT에서 제작)를 입력한 후 사용 언어는 ❷[한국어], 보이스는 ❸[여자: 선희]로 선택한다. 그다음 상단에 있는 ❹[GENERATE VIDEO] 메뉴를 클릭한다.

『prompt: 안녕하세요. 오늘은 한국에서는 볼 수 없는 특별한 것들을 소개해 드리려고 합니다. 궁금하셨던 그 나라의 독특한 문화, 음식, 풍경 등 저만의 시각으로 담아봤습니다. 함께 여행의 흥미로운 순간들을 발견하러 가실까요? 지금 바로 시작해보겠습니다.』

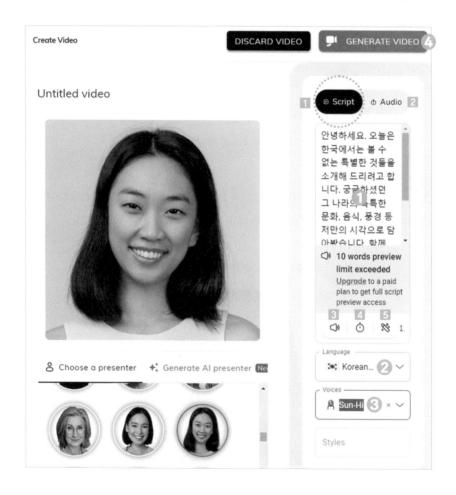

❶ **Type Your Script** 대사를 직접 입력할 수 있는 메뉴이다.

2 **Upload Voice Audio** 자신이 직접 녹음하거나 생성한 음성 파일을 탑재할 수 있다. Studio.D-ID에는 목소리 종류가 많기 때문에 클로바더빙 서비스를 사용해서 자신이 원하는 대사를 입력하고 대사에 대한 목소리 유형을 선택한 후 음성 파일로 생성하면 이 메뉴를 통해서 자신이 직접 제작한 음성 파일을 탑재할 수 있다.

3 **Lesten** 입력한 대사를 미리 들어볼 수 있다.

4 **간격 두기(Add a 0.5s break)** 대사 내용 중 원하는 위치에서 이 메뉴를 클릭하면 시계모양 아이콘이 삽입된다. 시계 모양 아이콘에서는 0.5초 동안의 간격을 두고 대사를 읽게 된다.

5 **AI로 대사 작성하기(Continue your text using AI** 기본적인 내용을 작성한 후 이 메뉴를 클릭하면 이어지는 대사의 내용을 AI가 자동으로 작성해 준다.

최종 생성하기 창이 열리면 [SING UP] 버튼을 누른다. 이때 만약 로그인이 되어있지 않았다면 구글 계정으로 로그인한 후 해당 과정을 다시 시행하면 된다.

보이스 아바타가 생성되면 다음과 같이 Recent projects & videow 창에 등록된다. 확인하고 싶다면 해당 비디오를 [클릭]하면 된다.

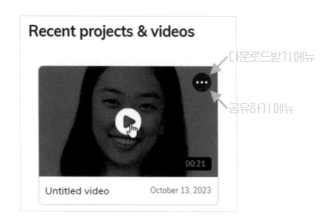

사용자 아바타와 오디오 사용하기

D-ID에서는 자신이 가지고 있는 아바타 모델 이미지를 [ADD] 버튼을 눌러 가져와 사용할 수 있으며, [Audio] 메뉴를 통해 음성 파일을 생성할 수도 있다.

🐋 018. 한국형 만능 챗GPT 뤼튼

뤼튼(wrtn)은 한국형 챗GPT이다. 한국 기업에서 서비스를 개발하여 제공하고 있어 한국어를 가장 잘 인식한다. 모든 서비스에 대해 독자적인 기술을 갖고 개발한 것은 아니며, 네이버 클로바 API, 구글 바드의 언어모델인 PaLM2 API를 비롯해서 챗GPT 언어모델 API 등을 기반으로 서비스를 제공하고 있다. 살펴보기 위해 구글 검색기에서 ❶[뤼튼]으로 검색한 후 해당 ❷[웹사이트]에 접속한다.

🍃 뤼튼 무작정 사용하기

뤼튼 메인화면이 열리면 화면 하단에 챗GPT와 유사한 프롬프트가 있는 것을 알 수 있다. 뤼튼 또한 챗GPT처럼 질문을 통해 원하는 답을 얻을 수 있은 AI이며, 무료로 간단한 그림까지 요청할 수 있어 캐주얼한 그림을 원한다면 뤼튼을 활용하는 것도 좋은 방법이다. 여기에서는 이미지 생성을 위한 작업에 대해서만 간단하게 해보기로 한다. 하단에 있는 프롬프트에 [숲 속의 **나무를 오르는 귀여운 다람쥐를 그려 줘**]라고 간단하게 입력한 후 [**보내기**] 버튼을 클릭한다.

아직 뤼튼 계정에 로그인을 하지 않았기 때문에 다음과 같이 로그인 창이 뜰 것이다. 앞서 다양한 AI 툴에서 살펴본 것처럼 ❶[구글] 계정을 통해 쉽게 회원가입 및 로그인을 할 수 있다. 서비스 약관에 대한 창에서는 ❷[모두 동의]를 체크한 후 ❸ [계속하기] 버튼을 눌러 로그인을 한다.

로그인된 후 다시 프롬프트에 앞서 입력했던 문장을 입력한 후 이미지를 생성해 보면 다음과 같이 이미지가 생성된다. 뤼튼의 이미지 품질은 아주 뛰어나지는 않지만 무료라는 것을 감안했을 때 캐주얼한 작업에 사용하기에는 문제가 없다.

인공지능 중에는 로고를 생성해 주는 기술도 다양한다. 로고 생성은 미드저니와 같은 AI 툴로도 가능하지만 보다 실용적인 로고를 제작하기 위해서는 로고마스터와 같은 전문 로고 생성 AI 툴을 사용하는 것을 권장한다. 살펴보기 위해 구글 검색기에서 ❶[Logomaster.ai]로 검색한 후 해당 ❷[웹사이트]로 접속한다.

로고마스터 메인화면에서 [지금 로고 만들기] 메뉴를 선택한다. 언어를 [KO]로 설정하면 한글로 전환하여 보다 쉽게 사용할 수 있다.

첫 번째 선택 화면은 어떤 카테고리의 로고를 제작할 것인지 선택할 수 있다. 여기에서는 [개인 브랜딩]을 선택해 본다. **자신이 원하는 카테고리를 선택해도 된다.**

두 번째 참고할 로고 스타일 선택에서는 자신이 원하는 디자인 스타일을 ❶❷❸ [3개] 이상 선택한 후 ❹[다음 단계] 버튼을 클릭한다.

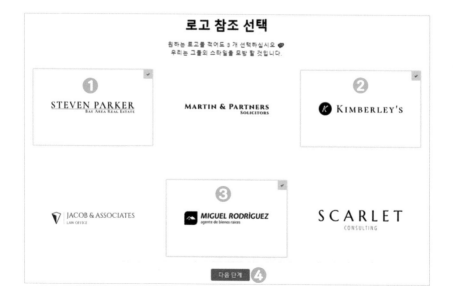

세 번째 색상 선택에서 로고에 사용될 참조 [색상]을 선택한다.

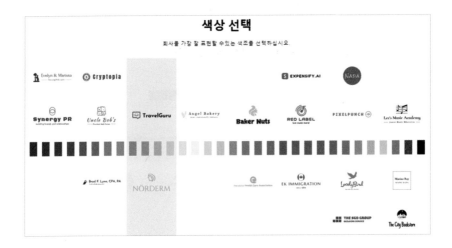

네 번째 입력 슬로건에서는 ❶[회사명(개인 이름)]과 ❷[슬로건]을 입력한 후 ❸[다음 단계] 버튼을 클릭한다. 슬로건을 입력하지 않아도 되지만 필자는 슬로건에 웹사이트 주소를 입력하였다.

다섯 번째 아이콘 추가에서 별도로 추가할 아이콘이 있다면 선택하면 된다. 여기에서는 아이콘 선택 없이 [결과보기] 버튼을 클릭한다. 아이콘과 로고, 회사명 등은 추후 수정이 가능하다.

결과 창이 나타나면 마음에 드는 로고 스타일을 선택하여 사용하고, 다양한 결과를 보고자 한다면 아래쪽 [더 많은 제안 6개 생성] 버튼을 클릭하면 된다.

1 미리보기 선택한 로고에 대해 미리보기 할 수 있다.

2 편집 선택된 로고를 편집할 수 있다. 로고, 텍스트, 배경 등을 편집할 수 있다.

3 로고 초안 저장 선택된 로고를 로고마스터 웹사이트 공간에 저장해 놓을 수 있다.

4 사다 선택된 로고를 고화질 이미지(PNG) 파일로 구입(다운로드)할 수 있다.

쇼트브레드(Shortbread.AI)는 웹툰 작가였던 Fengjiao Peng이라는 엔지니어가 창업한 회사로 GPT 3.5 Turbo 엔진을 통해 코믹 스크립트 생성, 레이아웃, 캐릭터, 장면, SD 프롬프트, 대사 등의 작업을 누구나 쉽게 할 수 있도록 해주는 AI 웹툰(만화) 제작 툴이다. 살펴보기 위해 구글 검색기에서 ❶[Shortbread.AI]로 검색하여 해당 ❷[웹사이트]에 접속한다.

쇼트브레드 메인화면이 열리면 우측 상단의 [Start Creating] 버튼을 눌러 작업을 시작한다. **필요하다면 인터넷 브라우저를 한글로 전환해서 사용한다.**

먼저 작업 규격(비율)과 레이아웃에 대한 설정을 위해 ❶[Create a Slice] 버튼을 누른 후 규격을 설정한다. 여기에서는 웹툰이 아닌 ❷[망가(만화)] 규격으로 선택해 본다. 그리고 ❸[Nest] 버튼을 누른다.

레이아웃 설정에서는 그림에서 제시하는 ❶[레이아웃] 중 하나를 선택한 후 ❷
[Nest] 버튼을 누른다. 다음으로 자신의 표현하고자 하는 이야기를 ❸[프롬프트]에
입력한다. 챗GPT에서 기본 스토리를 만들거나 구글이나 파파고와 같은 번역기로
영문화하여 입력한 후 ❹[Go] 버튼을 누른다. 필자는 [사람이 게임 속에 들어가 실제 상황
처럼 전쟁을 하는 환타지]라는 대략적인 스토리를 영문(한글도 인식됨)으로 번역하여 입력하였다.

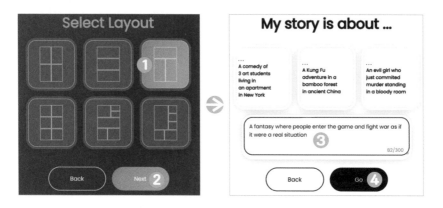

생성된 결과는 다음과 같다. 결과가 만족스럽다면 세부 편집을 위해 [Go to editor]
버튼을 누른다. 다른 결과를 얻고자 한다면 [Regenerate] 버튼을 누르면 된다.

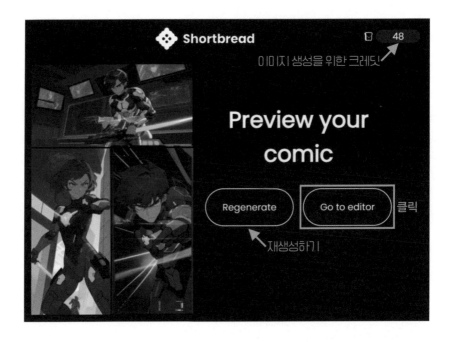

AI 에디터 화면이 열리면 생성된 그림들의 ❶[환경], ❷[모습], ❸[차림새], ❹[행동], ❺[감정], ❻[카메라 앵글] 등을 해당 프롬프트에 입력하여 세부적으로 설정(표현)할 수 있으며, ❼[말풍선 추가] 및 말풍선 안에 들어갈 텍스트를 새롭게 입력할 수도 있다. 또한 ❽[패널 추가]와 ❾[업스케일] 버튼을 클릭하여 선택된 그림에 대한 화질을 향상시킬 수 있으며, ❿[Delete Panel]을 통해 선택된 이미지를 제거할 수도 있다. 여기에서는 가장 많이 작업하는 말풍선 작업을 해보기 위해 첫 번째 장면의 [말풍선]을 선택해 본다. **참고로 쇼트브레드에서 제작된 콘텐츠는 서비스 약관 기준으로 교육, 비즈니스, 의사소통 및 단순한 재미를 목적으로 만화 및 그래픽 소설을 제작, 공유 및 출판할 수 있는 서비스를 제공한다고 되어있다.**

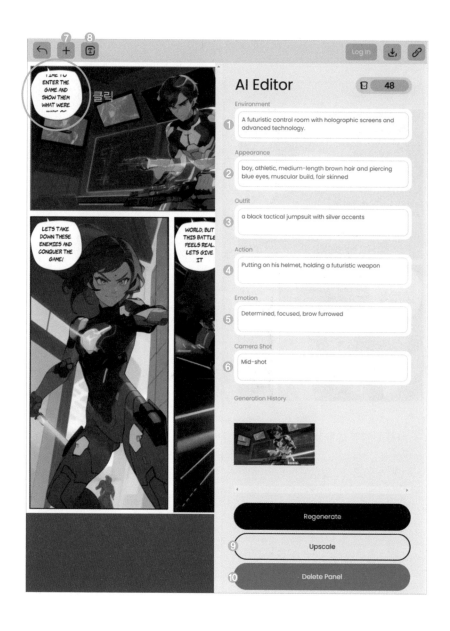

말풍선 편집 창이 열리면 ❶[Graphic Type]에서 말풍선 ❷[스타일]을 선택한 후 ❸ [Bubble tect]에 풍선말에 들어갈 대사를 입력한다. 그리고 풍선말의 ❹[크기와 위치]를 적당하게 설정한다. 작업한 내용을 최종적으로 다운로드받기 위해서는 우측

상단의 [Save JPG] 또는 [공유] 버튼을 사용하면 된다.

☑ 한글 지원 문제 해결 작업 후 JPG 파일로 다운로드했을 때에는 한글이 포함되지 않는 문제가 있었지만 필자의 요청으로 이러한 문제를 해결해 주었다. 하지만 보다 좋은 결과물을 얻기 위해서는 말풍선을 빈 상태로 파일을 만든 후 포토샵이나 픽슬러(무료) 등의 이미지 편집 툴에서 대사를 입력하는 것을 권장한다.

💡 **팁 & 노트**

유료 구독자에 대한 혜택

상단 크레딧 버튼을 통해 유료(월 6달러 300 크레딧 이용) 구독자로 전환할 수 있으며, 유료 구독자에게는 모든 패널 템플릿, 마법사 페이지, 개별 패널 최적화, 다운로드 및 게시, 워터마크 삭제 등의 혜택을 얻을 수 있다. 추후 업데이트 버전에서는 더 많은 페이지, 포즈 및 컨트롤 넷, 멀티 캐릭터, 다양한 스타일, 캐릭터 디자인 게어가 가능한 기능이 추가될 예정이다.

🔲 **46** 클릭

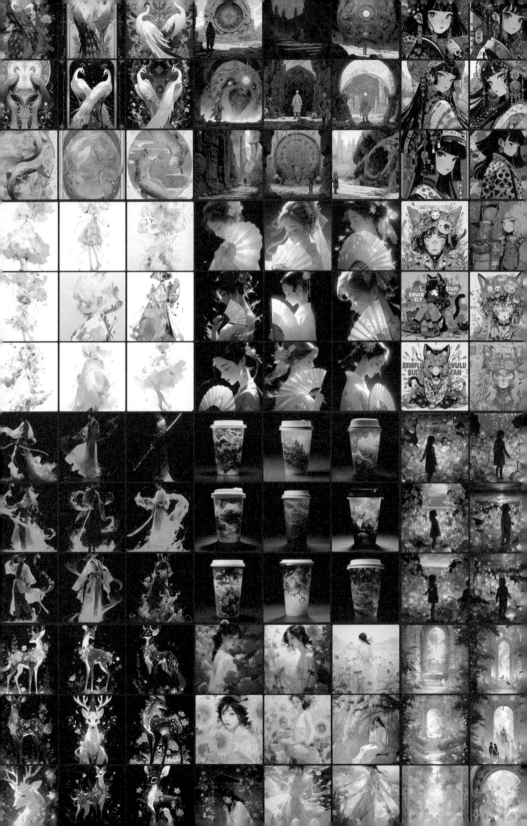